ちっぽけな世界の片隅で。

高倉かな

STARTS
スターツ出版株式会社

わたしはこの世界がずっと嫌いで
嫌いだと思っていて
目に映るものすべてにイライラして
イライラするものにヘラヘラ笑って
蒸発するみたいに消えてしまいたくて
子どもでも大人でもいたくないと、思っていた。

好きになろうとしていなかった。
そんなわたしが、誰かのことを好きになれるはずがなかった。
世界の形を決めていたのは、わたしだった。

わたしの、ちっぽけで、狭い世界。

目次

ちっぽけな世界の片隅で。

第一章　通常無常の世界

東京《とうきょう》。大阪《おおさか》。長野《ながの》。兵庫《ひょうご》。大分《おおいた》。

時刻は午後十時過ぎ。全国の悩みがたった今、わたしの耳に流れ込んでくる。

眠りにつく前、ベッドに寝転んでラジオを聴くのは、中学に上がってから続けている習慣だ。友達の中には他にラジオを聴く子はおらず、世間一般的にもマイナーな趣味らしいけれど、わたしにとってはなくてはならない時間。

会話のようにどんな返事をすればいいか考える必要がなく、ただぼうっと語りを聴くだけでいいひと時は、とても心地よい。

映像に集中しなければいけないテレビよりもずっといい。すごくいい。わたしだけがよさを知っているというのも。

眠る準備を整えた身体に血液を注ぐように、ラジオの声が部屋中に広がっていく。

発信源は、中学の入学祝いで買ってもらった水色のノートパソコンだ。赤っぽいピンクとどちらにするか悩んだけれど、やっぱり水色にして正解だったと思う。ピンクだったら、地味な部屋では浮いてしまっただろうから。女の子らしさに欠けるシンプルなこの部屋に血液を送り込むのは、水色の心臓でいい。

ＢＧＭとして、でも退屈な授業よりは少し真剣に耳を傾《かたむ》けながら、わたしは目をつむる。

広島《ひろしま》の女子中学生、ペンネーム・うさぎプリンさんの悩みを、パーソナリティのお兄さんが代読する。

『【好きな人には、好きな人がいます】……これは、切ないですねー』

スキナヒトニハスキナヒト。セツナイデスネー。頭の中で復唱して、わたしは思う。切ないって、説明するとしたらどんな気持ちなんだろう。

なんとなくわかるようでわからない。ピンクと水色なら、多分水色だ。まぶたの裏に浮かんだたくさんの色の中で、わたしは青っぽい色を探す。

青。透明な青。涙の色。でも、切ないイコール泣く、じゃないでしょう？　泣くのは悲しい時でしょう？　切ないと悲しいの、境界線はどこなんだろう。

そんなことをグルグルと考えているうちに、奥の方からふわぁと、綿毛のような眠気がやってくる。それが身体中に広がる瞬間は、とても気持ちいい。

完全に眠りに落ちてしまう前に、心の中でつぶやく。

ねえ、お兄さん。東京、大阪、長野、兵庫、大分、あと広島。全国の中高生のみなさん。

──中学二年生で、未《いま》だに好きな人ができたことがないって、おかしいですか？

わたしが投稿《とうこう》するとしたら、きっとこの一文だ。ラジオ番組なら匿名《とくめい》性があるから安心。三橋八子《みつはしはちこ》。みんなにわたしだと、知られることがない。

誰が好き？　今までに付き合った人は？　どういう男子がタイプ？　そんなふうに

賑《にぎ》やかに会話を弾《はず》ませている、学校のみんなには知られない。

お兄さんが、次のお悩みを読み始める。

『東京都にお住まいの、高校一年生。ペンネーム・羽のあるイモムシさん――』

ペンネーム。そうだなぁ。投稿するとしたら、ペンネームはなににしようか。

こだわりはないから、別になんでもいい。いっそ〝だれだれさん〟でも構わない。

だれだれさんで投稿する。

――未だに好きな人ができたことがないって、おかしいですか？　っていうか、そもそもどうやったら人を好きになれるんですか？

きっとみんな、わたしのように人に言えないことを、ひとつは持っていると思う。

自分を全部見せていないと思う。隠していると思う。

その隠れているものがなんなのかわからないのに。もしかしたらものすごくひどいものかもしれないのに、どうして猫かぶりの誰かを好きになれるんだろう。

ウソつきな誰かを、どうやって好きになるの。

どうやって……。


「どうやったらうまくなれんの？　キスって」

頭から降ってきたのは、とても明るい声だった。わたしがひっそり抱えている悩みとは、格が違うお悩みだ。

目を開ける。視界に広がったのは自分の部屋ではなく、二年二組の教室の風景だった。男子はカッターシャツに黒いズボン。女子は赤色スカーフのセーラー服。同じ制服を身にまとったクラスメイトたちは、おのおの仲のいいメンバーで固まって話しており、黒板には、チョークで書かれた六月三日の文字が白く光っている。

「え？　……ああ」

適当に答えながら、わたしは意識を徐々にはっきりさせる。

今日は妙に目覚めが悪く、起きてからもずっとぼんやりしていた。登校してきてもなお眠気が抜けず、自分の席でウトウトしてしまっていたらしい。

ぼうっとしすぎて、目覚めてからの記憶がおぼろげだ。でも口の中にはミントの香りが残っているから、ちゃんと歯は磨いてきたようだ。

わたしは自分の席に座ったまま、先ほど声をかけてきた友達、木田《きだ》明《あき》を見上げた。目が合うとニヒッと笑い、遠慮《えんりょ》なくわたしの前の席に座るアキ。崩れたスカートのヒダが、視界に飛び込んでくる。

「ねえ、聞いてた？　キスってさ、どうやったらうまくなれんのかなぁ」

「……なんでわたしに聞くかな」

再びの問いかけに、わたしは欠伸《あくび》混じりに言って目を細めた。

上手なキスの方法。もしわたしとアキが、同時にあのラジオ番組に悩みを投稿したとしたら、きっとアキのものが選ばれるだろう。そのほうが、番組的にも面白いはずだ。

「ええっ！　だってこんなこと話せる友達、ハチしかいないもん」

ハチしか、と言いながら、クラス全体に響き渡るような声でアキは言った。

アキはいつも声が大きい。わたしたちは同じ女子バスケットボール部に所属しているのだけれど、部活中もアキのかけ声ばかりが、体育館に目立って響いている。ショートカットで常に明るく健康的。アキはわざわざ自己申告しなくても、「あ、バスケ部でしょ?」と言い当てられるタイプの女子だ。目が大きくて、笑うと八重歯がのぞく。

ちなみにアキのキスの相手——つまり彼氏である住友祐二《すみともゆうじ》くんは、男子バスケ部に所属している。ポジションはポイントガードで、ボールが手のひらに吸い付いているのではと思うくらい、ドリブルがうまい。

男子にしては身長が低く、アイドル系のかわいらしい顔つきをしている。ステージで黄色い歓声を浴びていそうな見た目だ。

それにしても、キスとか、その他もろもろとか。自分の知っている人たちのそういう話は、正直あまり聞きたくない。想像したらむずがゆくなって、席にじっとしていられなくなりそう。

「キスされるってなったらさ、雰囲気でわかるじゃん?」

けれど心中《しんちゅう》は伝わらない。わたしが明らかに聞く気がないのに、アキはしぶとくその話題を続けてきた。

「……知らないけど」

「そしたら、こう……ね、アワアワしちゃうんだよねー！　頭を、右に傾けるか左に傾けるかっ！」

「……はあ」

「しかもさぁ、スミ、わたしより若干《じゃっかん》背ぇ低いじゃん？　ちょっとだけしゃがまなきゃって思うんだけど、そのタイミングもさぁ……てか、聞いて！　スミがね、『卒業までに絶対身長抜かしてやる！』とか言うの！　もーそういうの、かわいくってさぁ」

マシンガントークと一緒に、右、左と頭を傾けるアキ。

動きに倣《なら》って揺れる髪に、いつの間にか伸びていたんだなぁと、どこか感慨《かんがい》深い気持ちを覚えた。ついこの間までは、耳が丸出しのベリーショートだったのに。

時が過ぎるのは早いものだ。少し前に入学したばかりのような気がするのに、あっという間に学年が上がり、もうすぐ中二の夏を迎えようとしている。

『男子ってみんな、まじ幼稚《ようち》だよねぇー』と一緒に言っていたアキには彼氏ができ、『中学生活を存分に楽しんでください』と言っていた先生たちは最近、『この学年は成績が悪い、来年は受験生になるんだぞ』と、苦言《くげん》ばかりを口にするようになった。

入学前に、少しだけ緊張しながら油性ペンを近づけたサブバッグ。そのネーム欄に書かれた〝三橋八子〟の名前は、もうずいぶんハゲて、今では〝二橋ノ子〟に見えてしまう。

ニハシノコ。あ、ラジオのペンネーム、これでいいかもしれない。

「ハチは？」

ぼんやりしていたわたしに、まだチャイムが鳴る時間ではないと時計を確認してから、アキが言った。

「どうなの、田岡《たおか》くんと！」

またその話か。自然と、眉間にシワが寄ってしまう。

アキはおしゃべりだけれど話のレパートリーは限られていて、一位は住友くんの話、二位はバスケの話、そしてその次くらいに多いのが、この話だ。アキは必要以上に、わたしと田岡広大《こうだい》をくっつけようとしてくる。

田岡広大というのは、隣のクラスの男子。シャープな輪郭《りんかく》に形のよい鼻筋、愛嬌《あいきょう》のある程よいタレ目。黙っていればイケメンの部類に入る顔をしているのに、お調子者でふざけてばかりいるせいで、三枚目キャラで通っている。

うるさい場所にはいつも田岡がいる。そんな気がする。

田岡とわたしは、一年の頃から同じ塾に通っている。家から歩いていける距離にある、少人数制の個人塾だ。だからクラスが違っても、塾で話すことはある。

なんの折りだったか、アキにそのことを話した時から、アキのおせっかいが始まってしまった。まるでそれが仕事であるかのように、わたしにいちいち田岡のことを報告してくるのだ。

『今日、田岡くん体育でソフトボールしてたよ』とか、『田岡くん、アイスなら抹茶派らしいよ、渋いよねぇ』とか。

なんでそんなこと知ってんの、と思ったら、田岡とアキの彼氏の住友くんは仲がいいらしい。なるほど。

困ったことにアキの頭の中では、同じ塾に通っているというだけの事実が、〝ハチは田岡くんがだーいすき〟に変換されてしまっているようだった。

「ね、最近はなにかなかったの?」

「……別にないよ」

「前も言ったけどさぁ、今度遊びに行こうよ！　四人で！　土曜日とかさ、部活休みじゃん！」

なんで唯一フリーの日にその四人で出かけなきゃならないんだと、げんなりして目を細める。わたしの目の幅が半分になっていることはスルーして、アキは語尾に音符マークでもついているかのように、軽快に話し続ける。

「まずは駅前のアイスクリーム屋さんの前で、待ち合わせするでしょ。それから、お昼はハンバーガー……ううん、先にアイス食べちゃってもいいかなぁ。暑いし。洋ナシチーズケーキ味っていう新作のアイスが、今度出るらしいんだよねぇ」

アキが勝手に立て始めた土曜日の計画を、右から左へ。左から右へ。両耳をトンネルにして適当に聞き流しながら、わたしは黒板の上にかかっている時計を見た。

午前八時四十五分。これから五時間近く受けなければいけない授業のことを考えると、憂鬱《ゆううつ》でしかない。わたしたちのカッピカピに乾いた脳みそは、これ以上吸い込めないブッチュブチュの濡れ雑巾《ぞうきん》になるまで、勉強漬けにされるのだ。

勉強漬け。ぬか漬け。しば漬け。梅干しは好きだけど、たくあんは嫌い。でも、勉強漬けが一番嫌い。

なんてどうでもいいことを考えながら頬づえをついて、わたしは思う。っていうか正直、学校よりも塾のほうが勉強がはかどるんだよな、と。

前になんでだろうと考えたことがあって、その時わたしはある答えに行き着いた。

きっと塾は、勉強だけすればいいところだからだ。勉強もスポーツも部活も友達関係も恋愛も、いろんなものを詰め込みすぎている学校では、学ぶことだけに全力を注げない。勉強以外のことが、多すぎるのだ。

『三橋って、大人みたいにきれいな字書くよなぁ』

一度、中一の時に、塾で田岡に言われたことがある。

先生から渡されるプリントをやっていた時だっただろうか。本当にすごいなぁって顔でわたしを見ていた田岡の丸い目が印象的で、記憶に残っている。

もしアキが言うようにわたしが田岡を好きだったとしたら、そんなふうに褒められたら舞い上がってしまって、塾での勉強ははかどらなくなっていただろう。

好きとかキスとか彼氏彼女とか、いろいろと面倒くさい。なにかひとつだけしていればいい、もっと単純な生きものになりたい。

……と、そんなことを願っても、別の生きものになんてなれるはずがないわけで。

キーンコーンカーンコーン。平和な音でチャイムが鳴り、わたしはわたし、三橋八子のまま、一時間目の授業開始を迎えた。

一時間目は、英語の授業だった。英語はまだ好きなほうに入る科目だけれど、英語の鎌谷《かまたに》先生は少し苦手だ。妙に外国にかぶれていて、テンションが無駄に高い。

「However, I am hungry.」

高いのはテンションだけでなく、声もだった。コウモリと交信できそうな超音波的な声で、先生は教科書の例文を読み上げた。

「新しい単語が出てきましたね！　howeverは、しかしながら・けれども、という意味の単語です！」

ハウエブァー、と唇を大げさに巻き込みながら、先生は言った。ニカッと口を大きく開き、わたしたちに笑いかけてくる。

「さあ、みんな！　一緒に発音してみて！　however！」

けれど張り切っているのは先生だけで、生徒たちから聞こえてくるのは、巻き込みもやる気も足りないハウエブァーだ。

わたしも形だけ、声になるかならないかレベルのボリュームでハウエブァーと口にし、ふと疑問に思った。あれ。しかしって、たしかbutじゃなかったっけ。

howeverも、しかし？　一緒の意味なのにふたつ単語があってどうするんだろう。使い方に違いがあるのだろうか。

教科書を見ても解説は書いておらずモヤッとするけれど、だからといって手を挙げて質問することはしない。挙手で質問なんかすれば、クラスのみんなから張り切っているガリ勉の称号《しょうごう》を与えられてしまう。そんなのはまっぴらだ。

目立ちたくない。優等生と思われたくない。

……とくに、あのことがあってからは。

結局butとhoweverの違いは理解できないまま、鎌谷先生のキンキン声にいよいよ嫌気が差してきた頃、授業は終了した。

シャーペンを筆箱にしまって、息をつく。今朝の目覚めの悪さを引きずっているせいか、未だに倦怠感《けんたいかん》が残っていた。

顔を洗えば少しはマシになるかもしれない。そう思って立ち上がろうとした時。

――ガンッ！

教室の後方で、突如大きな音が響いた。

ものすごく痛そうな音だった。クラス全員が一斉に、音の先に視線を向ける。

わたしも顔を上げ、目を見張る。視線の先に見えたのは、列からズレてひとつだけ斜めに飛び出た机だった。

机のそばにはひとりの女子がふんぞり返って立っていて、机の持ち主は、肩を小さくすぼめている。

その光景を見て、すぐに理解した。蹴《け》ったのだ、嶋田《しまだ》さんが。

授業が終わり我先に席を立った嶋田さんが、まだ座ったまま、教科書を机にしまおうとしている菜落《なおち》さんの机を、蹴った。

「……ジャマなんだよ」

女子とは思えないドスのきいた声に、クラス中が静まり返る。カーテンが風に翻《ひるがえ》る音が、聞こえそうなくらいの静けさだ。

うわ、とうとうきたか。そう思った。

犯行現場を目撃したみたいな気分になって、わたしはキュッと唇を内側に巻き込む。

主犯である嶋田愛美《まなみ》は、外国人のように染められた髪に、頭との割合からすると大きすぎる蛍光《けいこう》ピンクのシュシュと、つけ爪につけまつげ。つけられるものは全部装着している、戦闘力《せんとうりょく》抜群の女子。

対する被害者である菜落ミノリは、みんなより少し長いヒザ下丈《たけ》のスカートに、白い鼻に乗っかったメガネ、三つ編みにされた長い髪。細くて薄っぺらくて、装飾品《そうしょくひん》ほぼナシの、戦闘力底辺ギリギリの女子。

二週間くらい前からだ。派手な女子が、地味な女子をいじめる。そういう典型的な出来事が、わたしのクラスで起こり始めている。

キッカケは、ある日の授業中のことだった。数学の授業中に、スマホをいじくっていた嶋田さんを、先生が当てた。

『……わかりません』

立ち上がってそう言った嶋田さんを、先生はここぞとばかりに罵倒《ばとう》した。

――こんな基礎問題がわからないのか。頭はちゃんと動いているのか。朝っぱらからそんなバカ丸出しの髪型を作る時間があるなら、一年の基礎から復習でもすればどうだ。

教室にひとり立たされたままの嶋田さんの顔は、真っ赤になっていた。身体の横に作られた握りこぶしは、恥ずかしさに震えていた。

しばらく経った後、先生が『……もういい』と吐き捨てるように言って、嶋田さんの斜め後ろの女子を当てた。

それが、菜落さんだった。

『七十八です』

彼女は、実にアッサリと答えた。

その答えは正解で、先生はさすがだと褒めた。『菜落はちゃんとしてるからなぁ。格好ばかりに気を取られていないからなぁ』そう、嶋田さんと比較するかのように。

菜落さんは先生の言葉に軽く一礼し、席に着いた。

けれどそこでの本当の正解は、わかりませんと答えることだった。もしくは七十八でなく、八十七ですとでも逆にして言うことだった。

だってわたしたち中学生には、目に見えない力関係のピラミッドみたいなものがあって、そのピラミッドの頂点に君臨する人間のプライドを傷つけることは、絶対にやってはいけないことなのだから。

ちょっとやばいんじゃないかな。そう思っていたら案の定、授業終了後に嶋田さんが目を真っ赤にして、派手なグループの女子たちに言っていた。

『……菜落のヤツ、ひけらかしやがって。今度正解したら殺してやる』

その時から菜落さんの命は、先生の誰を当てるかという気まぐれにかかっている。

だって、当てられたら正解してしまうから。彼女は、クラスで一番頭がいい。

もちろん、いくら嶋田さんでも実際に殺人を犯したりはしないと思うし、昨日までは陰口を叩いたり嘲笑《ちょうしょう》したり、無視をしていたくらいだった。

そう、昨日までは。蹴る、みたいな直接的な攻撃はなかった。

……中一の時は、平和だったのにな。

静まり返ったまま、気まずい空気が流れる教室。息を押し殺しながら、わたしは数カ月前のクラスを恋しく思った。

一年三組だった時は、クラスメイトはみんな比較的仲がよかった。いじめなんてなかったし、男女が冷戦状態であるかのようにパッキリ分かれてしまうこともなかった。

今のクラスでは、男子と少ししゃべっただけで変な目で見られたり、ウワサされたりしてしまう。あの子、男好きだよね。そんなふうにも言われてしまう。

中一のクラスのほうがよかった。好きだった。わたしのクラス運は、もしかしたら滑り台方式なのかもしれない。

このままどんどん下へ下へと滑り落ちるみたいに悪くなっていって、そしたら三年生は最低最悪じゃないか。ヘタをしたら、わたしが机を蹴られるかもしれない。

想像したら、無性《むしょう》に家に帰りたくなった。

帰りたい。布団に潜って、なにもかも全部シャットダウンしてラジオを聴きたい。お兄さんの低い声。低く、低く、低く。地底まで連れてって。わたしを埋めて。光も当たらない、奥底へ。そうしたらもう誰も、わたしに触れられないのに。

ふいに、二年生に上がったばかりの、新学期初日のことを思い出す。

発表されたクラスのメンバーを見て内心ガッカリしていた時、アキに声をかけられた。

『ハチ、一緒じゃん！　超嬉しいっ！　このクラス最高だね！』

満面の笑みで両手を取られ、わたしは急いで嬉しい顔を作ったのだ。

『うん、最高だね』って、どの口が言ったんだ。こんなウソつきの口は取り外してしまいたい。パーツを取り外して、付け替えて、中身も入れ替えて。そうしたら、かわいいイイコちゃんの出来上がり。

もはやわたしじゃないけれど、それでもいい。それがいい。

顔を上げたら、アキがこっちを見ていた。その顔に浮かんでいるのは、新学期初日の時とは違う、困った種類の笑いだった。

どうしようねぇ、とでも言いたげな感じだったから、わたしも苦笑いを返す。うん、どうしようねぇ。なんか、やだねぇ。

机の横にかけてあるサブバッグが、わたしのふくらはぎに触れる。ニハシノコという出来損ないのハゲた名前が、わたしを見上げている。

傍観者《ぼうかんしゃ》、三橋八子。ペンネーム、ニハシノコ。派手なシュシュなんかつけないし、つけるほどの長さもない、直毛の髪。スカートはヒザ丈の、ベストオブ・普通の女子。見た目も、成績も、クラスの位置づけも、全部普通。

好きなものは、バスケと味の濃いカラアゲ。それから夜、眠る前にラジオを聴くこと。

好きな人は、いない。

第二章　正当不当の世界

人は生まれながらに平等である。なんて、大ウソだ。

この世のルールは、いつだって弱肉強食《じゃくにくきょうしょく》で。

強者に目をつけられると、一発でアウト。ゲームオーバー。

だから弱者は、はみ出さないように肩をすぼめ、必死で周りと同じ色に染まろうとする。

すぼめてすぼめて、染まって染まって。

でもそうしてすぼめ続けて、染め続けていたら、本当の自分はどこに行ってしまうんだろう。


「手、色やばいだろ？」

パッと広げられた両手のひらは、炎みたいに真っ赤だった。

赤は赤でも、血のめぐりによるものとは違う赤。皮膚の下から浮かび上がってくるのではなく、表面に貼り付けられたような原色の赤が、数メートル向こうで披露《ひろう》されている。

「まだ先だけど、今から球技大会の応援幕作ろうってなってさ。クラス全員、ポスターカラー塗って手形押したんだけど、放置してたら、やばい。ぜんっぜん取れねー!!」

「ははっ。お前がちゃんと洗ってねーだけだろ」

「洗ったって！　かなり真剣に水と向き合ったたって!!」

お笑い番組みたいに、ゲラゲラ、ハッハッハ、ヒャッヒャッヒャア、と賑やかだ。

けれどここはお笑い番組の収録スタジオではなく、松尾《まつお》塾という名の学習塾。そんな話ばかりしていれば当然、塾の主である松尾先生からお怒りの声が飛ぶ。

「田岡くん！　黙ってプリントやる！」

先生に怒鳴られた田岡は、含み笑いではぁい、と言うと、プリントに視線を戻す。赤い手のひらがシャーペンを包み込む。それをひととおり見届けると、わたしは自分のプリントの続きに取りかかった。

今日は木曜日。松尾塾は月と木の週二回開かれており、わたしたち塾生は午後六時から九時まで、先生の元で勉強することになっている。

九人と少人数制なので、部屋には長机が三つあるだけだ。それをタテ、ヨコ、タテにくっつけて、コの字型に配置している。

長机に沿って並べられたパイプ椅子には、男子は男子、女子は女子で固まって座っており、くぼんだコの字の真ん中が、松尾先生の定位置になっている。

松尾先生は今年で五十歳になるらしいけれど、フワフワのロングヘアーで見た目もかわいらしく、実年齢よりずっと若く見える女の人だ。趣味もかわいくて、お菓子作り。授業終わりに、たまに手作りのお菓子をくれる。

今までもらったものは全部お世辞抜きでおいしくて、とくにかぼちゃのパウンドケーキはお店に出せるんじゃないかと思うくらい絶品だった。先生から作り方の紙をもらったけれど、引き出しにしまったまま、一度もチャレンジしていない。

塾での流れは決まっている。まず先生の作った復習プリントをやることから始まり、その後先生がホワイトボードを使って解説する。

そして最後の三十分は、授業でまだ習っていない箇所の予習に充《あ》てられる。

『学生は、学校の授業が本分だからね』

それが、松尾先生の口癖だ。

先生は、塾はあくまで補助であって学校の授業を大切にすべき、という考えを持っていて、だから予習よりも復習にたっぷり時間を充てたいらしい。

みんなの頭の中は網の目だからね、と先生は言う。

『網の目が大きい子と小さい子がいるけれど、どんなに賢い子でも穴があるの。その穴から、大事な知識をポロッと落としてしまうの。そのまま歩いていっちゃうと拾えないところまで来ちゃうから、この塾はそれをちゃんと拾えるように、助ける役割をしているのよ』

そう説明された時はほうほうとうなずいた覚えがあるけれど、実際のところ、あまりよくわかっていなかった。とりあえず、大事な知識を落としたままにならないのであれば助かるけれど。

騒いでいた男子たちが静かになると、カリカリとシャーペンが紙を引っ掻く音が際立って聞こえるようになった。

けれど、聞こえるのはシャーペンの音だけではない。窓をすり抜けて、カエルのグワッグワッ、ゲゲゲゲという濁音《だくおん》の鳴き声が聞こえてくる。

この辺り一帯は、都会か田舎かで言うと間違いなく田舎だ。田んぼが随所にあり、今の時期はカエルの鳴き声がＢＧＭとして定着している。

静か、イコール無音じゃない。音はすき間を見つけると、すぐに入り込むから。

本当に音のない世界って、実はけっこうなかったりする。

プリントに真剣に向き合っているうちに、問題も終盤《しゅうばん》に差しかかってきた。プリントの隅に、ガリガリと筆算を書き殴る。

よし、答えは三十四だ。きっちり割り切れた数字になったから、自信を持って回答欄にシャーペンを当てたものの、芯がヒュッと引っ込んでミミズみたいな字になってしまった。

もう芯の長さがないのだろう。入れ替えようと、筆箱から新しい芯が入ったケースを取り出す。細長いケースのフタを開け、一本だけ出そうと注意深く振った――

「──っ!」

──つもりだったのに、バラバラバラバラ。まるで真っ黒な雪崩《なだれ》のように、ケースの中にあった芯が全部出てきて、プリントの上に散らばってしまった。

チッと、ガラの悪い舌打ちをしてしまいたくなる。せっかく集中が続いていたのに、シャー芯雪崩のせいで途切れてしまった。

集中力なんて、シャーペンの芯みたいなものだ。細くてすぐに折れる。心はせめて、もう少し太くて丈夫だといいな。

憂鬱な気分になったわたしは、一旦手を止め、教室の壁際に視線を逃がした。するとちょうどその先に、壁際に寄せてクシャクシャに置かれた、学校のサブバッグが見えた。

田岡のものだと、すぐにわかった。だって、なんでそれを選んだのってツッコみたくなるような、変な缶バッチがついているから。

棒ニンゲンがベッドから跳ね起きる絵が描いてあって、その上に〝趣味は早起きです〟という文字がある。ああ、そう。そりゃ素晴らしいね。

女子は家で塾用のカバンに替えてきているけれど、田岡を含め、男子はそのまま学校のサブバッグを持ってくる。

こういうところが男女の違いだよなぁと思うけれど、どうしてそんな違いが生まれるのかはわからない。男と女で、脳みそのシワの刻まれ方が違うのだろうか。

謎《なぞ》の缶バッチからわずかに視線をずらして、ネーム欄を見る。マジックで書かれた田岡の名前は、わたしの名前と一緒でハゲていた。

〝田岡広大〟が薄くなって、〝十円ム一〟みたいになっている。ジュウエンムイチ。十円も持っていない、無一文《むいちもん》の人みたい。

貧乏そうな名前だ。ニハシノコのほうが、まだマシ。

「フィニーッシュ!!」

そんなどうでもいいことを考えていた時、田岡が大きな声で言って、机にシャーペンを投げ置いた。

ハッと我に返る。わたしのプリントはまだ、あと二問残っている。田岡はタコみたいなすまし顔で、周りを見渡して言った。

「ん？　お前ら、まだ終わらないのかね？　ん？」

ムッとして、心の中で負け惜しみをつぶやく。わたしだってシャー芯がなくならなかったら、もうとっくに終わってたし。

「田岡黙れ。まじウゼー」

「うーわー！　山本《やまもと》に嫌われちゃったー！　どうしよー!!」

「田岡くん！　静かにしなさい!!——

松尾先生から、本日二度目の怒号《どごう》が飛ぶ。田岡はすきあらばしゃべり出すから、塾のたびに必ず先生に怒られている。

もしかしたら、口を動かしていないと死ぬ病気なのかもしれない。さっきも、球技大会の応援幕がどうたらとうるさかったし。

散らばったシャー芯をケースに戻していきながら、それにしてもずいぶん気が早いよな、とわたしは思った。

だって球技大会が行われるのは二学期で、まだまだ先だ。夏休みもはさむのに、今から応援幕を作るなんて張り切りすぎにも程がある。

でもきっとそれは、円満な雰囲気あってこそだろう。クラス全員仲がよくて、チームワークが取れている証拠だ。

いいなぁ、とうらやましくなる。もう一度クラス替えが行われないかなぁ、とあり得ないことを願ってみる。

プリント上に最後に残った一本の芯を、シャーペンの中に滑り込ませる。

滑って滑って、落ちていくしかないわたしは、滑り台の先が跳ね上がるのを待つしかない。


塾はいつもどおり、午後九時過ぎに終わった。

「お疲れぇ、八子ちゃん」

「うん、ばいばーい」

手早く荷物をまとめると、女子とだけ挨拶《あいさつ》を交わし、わたしは塾を後にする。

そういえば、塾を出るのはいつもわたしが最初かもしれない。

残ってダラダラしゃべるのは、あまり好きじゃない。時間をすごく無駄に使っている気がするから。

もちろん、残っている子たちにそんなことは言わないけれど。

外に出ると、蒸してはいるものの、新鮮な空気が全身を包み込んだ。

先ほどまで窓越しに聞いていたカエルの鳴き声が、濃密になる。この世界にはカエルしか存在していないんじゃないか、なんてことを思ってしまうくらいに。

誰かから聞いた話だけれど、全部のカエルが鳴いているわけではなくて、鳴いているのはオスだけらしい。

メスにアピールするために、ゲロゲロ鳴くんだって。けれどその鳴き声で居場所を突き止められて、外敵に食べられてしまうこともあるんだって。

命をかけて鳴いている。そう思うと、なんとも感じていなかったBGMがひどく貴重なものに聞こえてくる。そう感じるのも一瞬だけで、すぐにどうでもよくなるのだけれど。

暗い空気を割って歩き出す。塾から家までは歩いてたったの五分だ。家から近いというのが、松尾塾を選んだ一番の理由だった。

クラスメイトの中には街にある大型学習塾に通っている子もいるけれど、街に出るには、親の送り迎えが必須になる。もしくは電車を利用し、ガタンゴトンと時間をかけて向かわなければならない。

うちの親はわたしのためだけに週に何度も車を出すことなんてしないし、かくいうわたしは、勉強しにいくためだけに電車に揺られるなんてごめんだ。

ゆるい足取りで家までの道を歩きながら、わたしはカバンから取り出したスマホをいじり始める。

開くのはSNSの画面。みんなが投稿している写真やつぶやきに、いいねを押してコメントを入れる。この作業が、塾帰りの時間にちょうどいい。

おいしそう。すごいね。楽しそう。うらやましい。

お、す、た、う、とだけ入れれば、予測変換にそのコメントが出てくる。毎日同じものばかり使っている証拠だ。

代わり映えしないけれど、必要とされているのは文章力なんかじゃない。大事なのは、プラスのコメントを残すという事実だけ。

その事実がなければ、簡単にひび割れる。友情の脆《もろ》さはガラスのようなものだと、使い古されたフレーズが頭に浮かぶ。

「……おっ」

慣れた手つきで順番にチェックしていくと、アキのブログも更新されていた。アキは他のSNSもガンガン使いこなしているというのに、それだけでは飽き足らないのか、最近ブログまで始めたのだ。

書かれている内容は、もっぱらノロケ。彼氏である住友くんと、わたしを含む一部の友達にしか、ブログの存在は教えていないらしい。教えてもらわなくてもよかったんですけど、とは口が裂けても言えない。

今日の更新分は、写真付きだった。ふたつ並んだアイスの写真だ。コーンを握る手が、一緒に写り込んでいる。住友くんと食べに行ったのであろうことは、文章を読まなくても予想がついた。

きっと部活帰りに待ち合わせて、街に出たのだろう。わたしは部活の後も塾でがんばっていたのに、アキはデートだなんてずいぶんお気楽なことだ。

写り込んでいるふたつの手。大きさはそんなに変わらないのに、左がアキで右が住友くんのものだと、すぐにわかる。

男子の手はゴツゴツしていて、女子の手はつるんとしている。性別で違いがある。生命の不思議。

なんだか壮大な思考に浸りつつ、小さなスマホの画面から、大きな空に視線を移す。夜空には点々と、星が不均一な間隔で散らばっている。冬の空は高く夏は低く感じるというけれど、冬だろうが夏だろうが、空は変わらず遠く遥か彼方《かなた》だ。

……そろそろ、わたしもなにか投稿しないとなぁ。

考えをめぐらせながら、わたしは歩く。

嫌味にならず、自慢にならず、なおかつみんながいいねって言いやすいもの。変わった子だと思われないもの。ちょうど程よいもの。翌日学校で会話の種になるもの。

かいくぐらなければならない、いくつもの条件。それを満たすために必死な自分がバカらしい。

写真を一枚載せるだけのこと。たったひとことつぶやくだけのこと。なのにどうして、こんなに脳みそを疲弊《ひへい》させなければならないのだろう。

人をダメにするクッションって、本当に人をダメにする。家に戻ってリビングに入ると、お父さんとお母さんがテレビの前で死人みたいになっていた。四角い大きなクッションにおのおの身体を預け、魂が抜けたようにテレビを見ている。

この時間帯は、いつもこうだ。お母さんのほうはまだ意識を保っているけれど、お父さんなんてだらしなく口を開けて、完全に逝《い》ってしまっている。

小さいサイズのジャガイモならば、まるごと入ってしまいそうな口だ。眠いならダラダラしないで、早く眠る準備をすればいいのに。

塾がある日は塾前に夕飯を済ましておくので、帰宅後はリビングに用事はない。口を全開にして眠るお父さんに白い目を向け、わたしはすぐにお風呂場へと向かった。

今日わたしが塾に着ていっていたのは、Tシャツと、ウエスト部分がゴムのジーンズだ。手持ちの服の中で、脱ぎ着しやすさナンバーワン。

ポイポイ、と五秒くらいで脱ぎ終えて素っ裸になると、わたしは浴室へ、そして浴槽へと身体を滑り込ませる。

「ふう……」

唇の下、息ができるかできないかのところまでお湯に浸かり、わたしは目をつむる。

寒くない季節でも、熱めのお湯が好きだ。じゅわっと身体の芯から溶けていく感じが、今日一日溜め込んだモヤモヤをなくしてくれるような気がするから。

お父さんは熱くもぬるくもないお湯。お母さんはぬるめのお湯が好きだから、お風呂に入る順番は、自然とわたしが最初と決まっている。

一番風呂。それも好き。

「あ、八子！　上がったの？」

ドライヤーで髪を乾かしてからリビングに戻ると、お母さんが人をダメにするクッションから生還《せいかん》していた。

テキパキと洗いものをしていて、わたしの存在に気づくと、「お風呂上がりは水分とんなさいよ」と水を注いだコップを押しつけてくる。

水の温度は常温だ。冷たすぎると身体の冷えにつながるからと、我が家では例え真夏であろうともぬるい水を飲むことが強要されている。

けれどお母さんはアイスが大好きで、デザートと言って食後にしょっちゅう食べているから、その場面を見るたび、ぬるい水の意味ないんじゃない？と心の中でツッコんでいる。

コップの水を喉に流し込んだ後、お母さんに「おやすみ」と告げ、わたしは二階にある自分の部屋に上がった。

塾のカバンに突っ込んでいたスマホを取り出す。画面に明かりを灯してみると、メッセージの着信があった。アキからだ。

【ごめんねハチー！　スミと先に、洋ナシチーズケーキアイス食べてきちゃった！】

タップして開くと、メッセージはそんな内容だった。所々にハートや顔文字が飛び散っていて、画面内だけ真っ昼間になったみたいに賑やかだ。

「……知ってるけど」

苦笑いして、ポツリとひとり言をこぼした。

知ってる、ブログ読んだから。っていうかそもそも、一緒に食べるつもりだったのは、勝手にダブルデートの妄想《もうそう》をしていたアキだけだ。

アキ、住友くん、わたし、田岡。アキ、住友くん、わたし、田岡。

何回唱えても、あり得ない四人組。っていうかわたし、アイスはチョコレートが固まりでゴロゴロ入ってるほうが、好きだし。

ひねくれたことを思っているうちに画面の光がフッと落ち、黒くなったそこにわたしの顔が映った。

家に帰って、無駄な笑顔を貼り付ける必要がなくなったからだろうか。映っているわたしは、まるでのっぺらぼうみたいだった。

元々なんの特徴もない顔が、さらに没個性的な、薄い顔になった気がする。

薄い顔を見ながら、わたしは思う。ハートだらけのメッセージを打っている時のアキの顔は、のっぺらぼうとは程遠いんだろうなぁ、と。

想像しようと試みなくても、その表情は簡単に頭に浮かんだ。

わたしには絶対できない、焼き立てふかふかのホットケーキみたいな。住友くんの話をする時、アキはいつもそんな顔をする。

住友くん本人と話している時のアキはさらにバージョンアップして、その上にバターをとろかしたような笑顔だ。

じゅわーっと熱に溶けたバターが生地に染み込んでいく様子を想像したら、無性にホットケーキが食べたくなってきた。食べたい。弱火でじっくり焼いた、肉厚のホットケーキ。

……なんて、寝る前にお腹を空かせている場合じゃないよな。

既読スルーするとうるさいから、アキにスタンプだけ返して、わたしはスマホの電源を落とした。

代わりに、勉強机に置いているノートパソコンを立ち上げる。ジジ、と音を立てて灯った青白い光を前に、マウスをいじる。

「……よし」

準備オーケーだ。

部屋の照明を落とすと、真っ暗になった中で、わたしはぼすんとベッドに倒れ込む。

……さあ。

大きく息を吸い込み、わたしは口元を少し緩《ゆる》める。

……さあ、ここからはわたしの。わたしだけの、時間だ。

午後十時過ぎ。ラジオが放送されるこの時間だけ、肺の奥から深く呼吸ができる気がする。

つっかえがなくなる。すうっと、ふわっと。噛み合わないのに無理やりはめ込んでいたパズルのピースが、やわらかくなり境目が曖昧《あいまい》になって、互いに馴染み始める。そんな感じだ。

『本日のオープニング・リクエスト曲は、山口《やまぐち》県の中学三年生、スーチャン三号さんより、『つらい、つらい、つらくない』です――』

通常運行で心地よく耳を打ち始める、お兄さんの声。

オープニングに流れる曲は、リクエストされた最近の曲の中から選ばれる。あまりにもメジャーすぎる曲はかからない。それが、またいい。

ああ、これ知ってる！　わたし好きなんだよねー！……なんて、みんなが騒ぐような曲から一歩離れたような曲が、わたしにはとても合っている。

ものが輪郭程度しか見えない暗闇の中で目を閉じると、入ってくる情報はいよいよ音だけになる。まるで、わたしの全身が耳になったみたいに。

馴染みがない曲は、お兄さんの声は、わたしをどこへでも連れていってくれる。

宇宙の海。月の裏側。外国の海底の、さらに奥底。世界の果ての、果て。地平線の、彼方。

全部が、退屈。退屈。おいしそう、すごいねぇ、楽しそうだねぇ、うらやましい。予測変換みたいに、行き先がわかってしまう毎日。そんな日々が見えなくなるほど、ずうっと、ずうっと、遠くまで。

オープニング曲でラジオの世界に入り込んだ後に始まるのは、いつものお悩みコーナーだ。全国の中高生が、恋愛や受験、家族のこと。様々なジャンルの相談を、この番組に投稿している。

お悩みコーナーへ移り変わるあたりから、心地よい眠気が徐々にわたしを迎えに来る。今日は塾があって疲れたせいか、まぶたが重たくなってくるのが早かった。

眠気は、綿毛。やわらかく穏やかに、わたしの意識を飛ばしていく。

『では、次のお悩みに移りたいと思います！』

ひとつ目のお悩みに対するアドバイスを終えたお兄さんが、元気よく、けれど入眠を邪魔しない絶妙な声で、わたしに告げる。

『お次はですね、中学二年生男子!!　えー……ジュウエンムイチさんからの、お悩みです！』

ぼんやりした意識の中で、わたしは思った。

うえ、センスないペンネームだなぁ。ジュウエンムイチって。なにそれ、貧乏そう。

意味わかんない。

そう、思って。

「……えっ」

次の瞬間、わたしは一気に覚醒《かくせい》し、ベッドから身体を跳ね起こしていた。

眠りかけていた頭が、性急《せいきゅう》にクリアになる。冷たい手に背中を撫でられたような、変な寒気に襲われる。だって。

……え？　今、なんて言った？　なんて、言った？

信じられない気持ちで、ぽうっと灯りを宿したパソコンを見つめる。数時間前に目にした映像が、わたしの頭の中を占める。

塾でチラリと見た田岡のサブバッグ。そのネーム欄。ハゲかけた名前は——たしか。

『お悩み内容はですね……』

お兄さんが続けた次の言葉に、わたしは立ち上がった。

寝るどころか、座ってもいられなかった。

『【隣のクラスの女子が気になっています。自分とはタイプが全然違う子で、どう接したらいいかわかりません】とのこと。おー、なるほど！　なんだか読んでいるこっちがソワソワしてしまいますねぇー！』

退屈。退屈。そんな屈折した気持ちが全部吹っ飛んで、頭の中に巨大な花火が散る。

ソワソワ？　ううん、ソワソワどころじゃない。なんて表現すればいいのかわからない。

ウソ。こんなことって、ある？

予測変換不能事態。もう眠れない。ふわぁっとした綿毛の眠気は、もうやってこない。

第三章　既知未知の世界

沈没船《ちんぼつせん》の謎が知りたいから、海の底に潜る。

ゾウより大きなマンモスのことが知りたいから、凍《こご》え死にそうな南極に行く。

人類以外の生命体を知りたいから、真っ黒な宇宙へ飛び立つ。

その大元をたどっていったら、始まりは全部好奇心《こうきしん》だ。

なんで？　どうして？　それは、どういうこと？

知りたい、から始まる小さな好奇心の種は、地球から飛び出して重力の枷《かせ》を取り払い、無重力空間を自由にさまよう。


——四時間目　自習。


黒板に書かれたそれは、右上がりでとても慌ただしい文字だった。

午前十一時四十分。四時間目は国語の予定だったのだけれど、先ほど急遽《きゅうきょ》、授業内容が変更になった。先生が突然、体調を崩してしまったらしい。

プリントを配布されることもなく、本当に生徒個々に任せた自習。教室内は、まるで休み時間であるかのように落ち着きなくざわついている。

……体調を崩すとか、先生でもそういうことがあるんだなぁ。

ざわめく空気の中で、わたしはぼんやり、そんな感想を抱いていた。

そりゃ先生だってわたしと同じ人間なわけで、水や酸素、まったく同じ成分でできているのだから、当然と言えば当然なのだけれど。でもどうしてか、わたしたち生徒と先生は、別の次元の別の生きものだという気がしてならない。

　先生はわたしたちに勉強を教えて、保健室には行かなくて、時には怒って、テストの採点をして、わたしたちをランク分けする生きもの。

　じゃあわたしたちは、どんな生きものなんだろう。

「ジッシュ－ウ!!」

　そんなふうにとりとめのないことを考えていると、鉄砲玉《てっぽうだま》のようなかけ声とともに、なにかがポーンと頭上を通過した。

　丸められた雑巾だ。どうやら男子たち数人が、野球の真似事を始めたらしい。

　思わず眉を寄せ、険しい顔になってしまう。うるさい。それに汚い。教室内に菌を振りまく気だろうか。

　雑巾から舞い落ちる深緑色のバイキンを想像してため息をつき、そして思う。突然授業がなくなって自習になり、ガッツポーズをするのがわたしたち生徒という生きものなのかもしれない、と。

　だって見渡してみれば、自主学習に励んでいるクラスメイトなんてごく少数だ。あともう一週間もして期末テストが近づいてくれば、みんな必死にノートを写したり問題集にかじりついたりするのだけれど。

かくいうわたしも、ノートを広げるのは形だけ。真っ白いノートを前に、わたしは昨夜のことを思い出していた。

『お次はですね、中学二年生男子!!　えー……ジュウエンムイチさんからの、お悩みです――』

昨日の夜は、ろくに眠れなかった。

真夜中手前のまさかの出来事に、心臓がこれ以上なく跳ねてしまって。

一度跳ね上がってしまった心臓は、トランポリンの上に置かれたように、ずっと小刻みに弾み続けていて。

さすがに今では興奮はずいぶん収まっているけれど、それでもわたしの頭の中は、すっかりジュウエンムイチ一色だ。

――ジュウエンムイチ。

ずっと推理をめぐらせていたけれど、考えれば考えるほど、わたしの思いは確信に近づいていった。

やっぱり、あれは田岡だ。田岡が投稿したものだ。そうとしか思えなかった。

だって、ジュウエンムイチなんて変わったペンネームを思いつく人が他にいるとは考えられない。

十円、無一文、を由来にしたとしたら、よっぽど貧乏になりたい人だ。奇人《きじん》変人でない限り、お金はあるほうがいい。

白いノートをにらみつけるように見つめながら、わたしはラジオの放送を、一言一句違えずに呼び起こす。

『隣のクラスの女子が気になっています。自分とはタイプが全然違う子で……』

田岡は一組だ。だから隣のクラスといったら、必然的にわたしたちの二組になる。

コクリと小さく息を呑む。このクラスにいるんだ。あの田岡の、好きな人が。

教室の下に広がるグラウンドから、ワアキャアと騒がしい声がする。「行けー！決めろー！」という声に加えてホイッスルの音まで聞こえるから、きっと体育の授業でサッカーでもしているのだろう。時間が経過するにつれ、どんどん盛り上がっていっている気がする。

わたしの中も一緒だ。植えつけられた好奇心の種がむくむくと盛り上がって、芽を出し、その葉を広げ始めている。

べつに、アキが言うように田岡に特別興味があるとか、そういうわけじゃない。でも、わたし以外は誰も知らない。田岡が抱えている悩みを、わたしだけが、わたしひとりが知っている。田岡すら、わたしが知っていることを知らないんだ。

それは、好奇心を発芽させるのには十分すぎる栄養だった。

……田岡の気になる女子って、いったい誰なんだろう。

ノートから目線を外して、わたしは教室の中を見渡す。わたしの席は窓際一番後ろという特等席で、たくさんの頭を一望するのに絶好の場所だった。

名探偵になったような気分で推理する。中川《なかがわ》さんはどうだろう。うん、あり得るな。野球部のマネージャーだし。田岡、野球部だったはずだし。野球部員と、それを支えるマネージャー、みたいな。だとしたらマンガみたいだなぁ。

それとも、竹森《たけもり》さんだろうか。竹森さんは美人でファンが多い女子だ。目がパッチリしていて鼻筋が通っている。わたしの鼻とは大違い。

なんとなく、自分の鼻を人差し指でひと撫でしてみる。

わたしの丸い鼻はお母さん似だ。お母さんは目も丸くて輪郭も丸いから似合っているけれど、わたしは輪郭と目がお父さんゆずりでのっぺりしているから、鼻だけ変に目立つ。……死にたい。

コンプレックスを再認識して勝手に落ち込みつつ、わたしは視線を移動させる。次に目に入ってきたのは、まあるく切りそろえられた小牧《こまき》さんのボブ頭だ。

小牧さんもあり得るな。明るいから、田岡と合いそうだし。それか、平田《ひらた》さん。色白で女の子らしい。そうでもないとしたら、ええと。

……まさか、嶋田さん？

その名前が浮かんだ時、わたしの目線はある一点に移動していた。嶋田さんではなく、嶋田さんと正反対の人物に。

——死ねよ。

机に開き置かれた教科書のページには、クッキリとした黒で、その三文字が落書きされていた。

教科書の持ち主である菜落さんは、その三文字が見えていないかのように姿勢を正し、黙々とひたすら問題を解いている。

……あんな教科書で、よく自習できるよな。

肉付きが薄い背中を見つめて、わたしはなかば感心に近い気持ちを抱いた。

さすがクラストップというか、なんというか。あんなことされたら、わたしならとても問題なんて解いていられない。

死にたい、と死ねよ。同じ死という語を使っていても、そのふたつは、まるで違う意味を持っている。

死にたい、は丸い鼻が嫌になった時や不機嫌《ふきげん》な時、わたしがなんとなく口にする言葉。一方で死ねよ、は人から無理やり与えられるナイフのような言葉だ。

その言葉がクッキリ刻まれている菜落さんの教科書は、他の教科書の数倍、重量を持っているように見える。

死ねよ。その落書きからもわかるように、我がクラスのいじめは続いている。それどころか、嶋田さんたちの態度は、ここ数日でよりいっそうひどいものになっていた。

先日、教室の後ろに貼り出された小テストの結果。その一番上に菜落さんの名前が載っていたことで、嶋田さんの怒りのボルテージはＭＡＸになってしまったらしい。

『調子のってる、アイツ』

そのセリフを皮切りに、菜落さんのノートを破ったりゴミ箱に捨てたり、窓から外に落としたり。菜落さんが来客用スリッパで教室に現れた時には、さすがにわたしも唖然としてしまった。

どうしてこんな、古典的ないじめのやり方しか思いつかないんだろう。かといって、そんなに斬新《ざんしん》な方法を持ってこられても困るけれど。

強張《こわば》っていたはずのクラスの空気は、今ではいじめを当たり前の風景のように受け入れて、すっかり緩みきっている。

今朝だって、菜落さんの机が水でグショグショに濡れていても、みんな見向きもせずに自分たちの会話に夢中で、笑っていた。

慣れって怖い。みんな、なにかのウイルスに感染してしまったかのよう。

こんな教室の空気を吸っていたら病気になりそうだ。雑巾も飛んでいるし。そう思い始めたら、急激に頭が痛くなってきた。

ここにいたくない、と思った。深緑色になりたくない。ウイルスに感染したくない。

ここから出たい。窓の外の空気が吸いたい。窓の、外の。

「田岡ぁー！」

その時だった。窓の外、グラウンドから田岡の名前を呼ぶ声が聞こえ、わたしは思わず、身体を大きく反りかえらせてしまった。

まるで沼から長い首を出した恐竜《きょうりゅう》のような動きだったから、変に思われていないかと、慌てて周囲を見回す。

けれど杞憂《きゆう》だった。みんなそれぞれおしゃべりやスマホいじりに精を出していて、わたしの奇行《きこう》に気づいた人はいないようだ。

ホッと胸を撫で下ろす。さっきからグラウンドで盛り上がる声が響いているなと思っていたけれど、一組だったのか。

一組が、体育の授業をしているんだ。田岡のいる、一組。

そのことに気づいてしまったが最後、落ち着いていたはずの昨日の興奮が瞬時に舞い戻ってきて、心臓が激しく動き始める。

ダメだ、落ち着け。自分に言い聞かせ、わたしは机に向かってゆっくり深く空気を吐き出す。名前を耳にしただけでこんなにも反応してしまうなんて、いつものわたしらしくない。

一度上を向いて息を吸った後、再び机に目線を落とす。親指の爪で削った痕。ボールペンのインクが出にくくて、グリグリ試し書きした痕跡。机に刻まれているいくつもの傷に集中しようとするけれど、ダメだ。どうしても落ち着かない。

だってもう、種が発芽してしまったから。

水も肥料も与えていないのにあっという間に芽を出した好奇心の種は、ニョッキニョッキとその茎《くき》をたくましく伸ばしていく。

このままじゃわたしの中身、ツタに乗っ取られた洋館みたいになってしまうんじゃないか。そんなのホラーだ。

両手で口を覆い隠す。身体を倒して窓に寄りかかると、下にあるグラウンドをそっとのぞき込んだ。

探すまでもなかった。わたしの目は、すぐに田岡の姿をとらえた。

男子数人に囲まれて笑っている田岡。やっぱりサッカーの授業だったようで、得点でも決めたのか、髪をワシャワシャとかき混ぜられている。大型犬のじゃれ合いみたいだ。

その光景をまぶしく思っていると、先生がピーッと試合終了のホイッスルを鳴らした。団子になっていた田岡たちは、急いで先生のいるほうへと走っていく。

田岡の髪は、日に透《す》けると茶色く見えた。走り方が、とてもきれいだった。

そんなことに、初めて気づいた。

興奮は起爆剤。田岡のおかげで自習時間はまったく眠くなかったけれど、そもそも田岡のせいで昨夜は睡眠不足だったわけで。

その代償は、きっちり昼食後にやってきた。

抗《あらが》えない眠気に襲われ、わたしは五時間目の英語の授業を寝倒してしまったのだ。目覚めた時はショックだった。授業内容をひとつも覚えていなかったし、ノートにべったり寝汗がついてしまっていた。

数枚は、修復困難なほどに字がにじんでシワシワだった。これまでせっかくきれいに板書できていたのに。

今は初夏。この季節に机に突っ伏して寝るなんて、ノートを殺すみたいなものだ。シワになったページを指先でつまんで、パタパタと宙を泳がせながらため息をつく。まだ半分くらい残っているけれど、もう新しいノートに買い換えてしまおうか。そのほうがきっと、授業にもやる気が出る。

今日の部活帰りに文具屋に寄ろうと思ったけれど、一応財布を出して確認してみたら、なんと二十円しか残っていなかった。

そういえば数日前にマンガを買ってしまったんだった。……死にたい。

「ごめんね、ありがとー」

その日の放課後。しぶしぶ今のノートの寿命《じゅみょう》を延ばすことにしたわたしは、アキにノートを借り、今日寝てしまった分を写させてもらうことにした。

「返すの明後日まででいいのにぃ」

アキはそう言って、一緒に部活に行こうと誘ってくれたけれど、写したらすぐに行くからと断った。

べつに部活をサボる気はない。でも教室にいるうちに写しておかなければ、面倒になって放置してしまうだろうから。そうしたら、テストの時に困るのは自分だ。

蛍光グリーンに蛍光イエロー。細い赤に太い赤。赤に似た朱色《しゅいろ》。アキのノートは色ペンを使いすぎていて、どこが重要なのかさっぱりわからなかった。

自分なりに解釈《かいしゃく》して、赤と青、それからシャーペンの黒だけで、ノートをまとめにかかる。

赤ペンで丁寧に線を引きながら思った。今日家に帰ったら、SNSでつぶやこう。

【授業中丸々一時間寝ちゃって、アキにノート借りたー！　アキのノート、超カラフル。女子って感じ。わたしにも女子力分けてほしいよー】

自分を少し貶《おとし》めることで親近感を持たせた、嫌味のない、ちょうどいい、程よいつぶやき。

想像してみる。書き終えた後は素早く布団に潜って、ラジオをつけるんだ。程よさ、なんて気にしなくていい。聴き流すだけでいい、お兄さんの低い声。バカみたいな、カラフルな、蛍光色のわたしの鎧《よろい》を、黒く塗り潰して。そうしてわたしは、聴き慣れない歌の海に浸かり、ゆっくり深く潜って、光をなくして、色もなくす。

導かれるように手を伸ばして、全国の中高生が撒いた、悩みの貝殻《かいがら》を拾う。グルグル渦巻いている貝殻に耳を当てれば、聞こえる。助けて、どうしたらいいのって、みんなが叫んでいる声。

聞こえれば安心する。悩んでいるのは、わたしだけじゃないって思えるから。わたしだけじゃない？　そうなのかな。そうじゃないかもしれない。それよりも、わたしは、みんながグルグルしている狭い世界を、外側から傍観できるような気がして、ホッとするのかもしれない。

「雪でも降るんじゃないの？」

翌朝。珍しく早起きしてリビングに下りると、お母さんに怪訝《けげん》な顔をされた。わたしは昔から低血圧で、朝にめっぽう弱い。寝起きが悪すぎて、お母さんにクッションで叩き起こしてもらうこともあるくらいだ。

でもいくら珍しいからって、今の時期に雪は降らない。

今は六月。降るとしたら雨だ。

気象庁によると、わたしが住む地域はとっくに梅雨に突入しているらしいのだけれど、雨の日はまださほど多くない。

このままだと水不足に陥《おち》いる地域が出てきそうだと、この間ニュースでやっていた。

「宿題はちゃんとしたの？」

「今日はなんの授業があるの？」

「今、どういう勉強をしているの？　ついていけてるの？」

いつもの時間になるまで家でゆっくりしようと思っていたけれど、質問魔のお母さんの相手をするのが面倒で、わたしは早めに学校に向かうことにした。

学校には、いつもより二十分ほど早く到着した。タンタン、と軽快なリズムで階段をのぼって二年二組の教室に入ってみると、教室内の空気がいつもと違うことに気がついた。

なんていうか、とても穏やかだ。

プロレス技を仕かけ合ってギャアギャア騒ぐ男子はいないし、恋愛トークで盛り上がってキャアキャアはしゃぐ女子もいない。埋まっている席は少なくて、すごく静か。

「イーッチニー！　イッチニーソーレッ！」

その落ち着いた空気の中に、グラウンドからのかけ声が舞い込む。独特なかけ声。多分、野球部だ。

窓際一番後ろにある自分の席にカバンを置くと、わたしは窓枠に手をかけて、少し身を乗り出してみた。

座っている時よりも、外の景色が格段によく見渡せる。広いグラウンドを、野球部員たちが固まりとなって走っているのが見える。

示し合わせたように左右の足並みが揃っていて、見ていて気持ちがいい。練習着の白がまぶしい。

「……へぇ」

小さくつぶやいていた。野球部が朝練をしているということを、わたしは今、初めて知った。

しばらく眺めているうちにランニングが終わり、野球部員たちは円形を作り始める。整理体操をするようだ。時間的に、朝練はもう終盤なのだろう。

……そういえば田岡も、野球部だよな。

ふとそのことを思い出し、わたしは目を凝らして、太陽光の下に茶色の頭を探した。

この間、田岡が体育でサッカーの試合をしていた時には、見つけようとしなくてもすぐに見つけることができた。

けれど今日は、どれだけ目を細めて凝視しても、どこにも茶色の頭が見当たらない。見えるのは黒い頭か、坊主頭ばかりだ。

「なーに見てんのぉ？」

「──わっ!?」

むむむ、と険しい顔になっていた時、背後からドンッと背中を押され、わたしは前にバランスを崩しかけた。

焦って振り返る。そこにはニンマリ笑ったアキがいて、わたしは非難の意を込めて眉間にシワを寄せた。

……殺す気か、アキ。ここ三階ですけど。

「……アキ。いつの間に来てたの」

「えー？　さっき！」

明るく大きな声が、脳みそに響く。アキが加わっただけで、教室内の雰囲気がガラリと変わったみたいだ。

「で、なに見てんのー？」

「……別に、なにも」

「ふぅーん？　でも、なんで野球部？」

アキの追及《ついきゅう》に、う、と言葉を詰まらせる。田岡のことを探していたなんてアキに知られたら、さらに面倒くさいことになってしまう。

なんとか話題を逸《そ》らそうとした時、

「田岡くんいないのに」

アキにそう言われて、わたしは目を見開いた。

「……えっ。なんで!?」

思わず出してしまった、大きな声。アキの唇が、ニイイッと嬉しそうに歪んでいく。

しまった。わたしはすぐに後悔した。

これでは田岡を探していたのが丸わかりだ。あらぬ誤解を、自ら上塗りしてしまった。

きっと今、アキの中で変換の真っ最中だろう。〝ハチは田岡くんがだーいすき〟という勘違いから、〝死ぬほどだーいすき〟という、最上級の勘違いに。

ほら、やっぱりアキは、わたしを殺す気だ。

「やーっぱりぃ！　もうハチ、素直になりなよねぇーっ！」

どう弁解したらいいものか。固まっているわたしの背中をバシバシ叩いて、アキは楽しそうに言う。

本人に悪気はないのかもしれないけれど、叩く力に加減がなくてけっこう痛い。背中にもみじマークがつきそうだ。初夏なのに、真っ赤なもみじ。

わたしが叩かれている間に、グラウンドからゾロゾロと、野球部軍団が去っていく。

もうすぐ予鈴が鳴る。やっぱり黒い頭の中に、茶色の頭はひとつも見当たらない。

「ちょっとさぁ、企画したげるって言ってるじゃん！　あたしに任せなって――」

「ねえ」

「ん!?　なに!?」

「田岡がいないって、なんで？」

盛り上がっているアキには悪いけれど、会話を数歩前に戻してしまった。

アキは口をとがらせて不服の意を表した後、若干非難するように言った。

「なんでって……中二の最初に辞めたからじゃん」

好きな人のことなのに知らなかったの？とでも言いたげな声。わたしは自分の目が、さっきよりいっそう大きくなるのを感じた。

「え……」

真剣に探していたのに、拍子抜けした気分だった。辞めた。そうだったのか。てっきり今でも野球部員なのかと思っていた。

だからいなかったのか、と納得して、でも、とすぐに疑問を浮かばせる。

どうして辞めてしまったんだろう。田岡はたしか、野球部でエースを務めていたはずなのに。

　エースなんて花形だ。野球のことはよくわからないけれど、誰もがなれるものでないことくらいはわかる。よっぽどうまい人でないと任命してもらえないのだと思う。

　意識して初めて気づく。そういえば最近、塾で野球について熱く語る田岡を見ていなかったな、と。自身の野球論を展開して、よく松尾先生に怒られていたのに……。

「で、いつ四人で遊ぶ⁉」

　元気よく弾けるアキの声にハッとして、わたしはグルグルめぐらせていた思考を止めた。

　我に返って、自分自身を気持ち悪く思う。わたし、変だ。田岡が部活を辞めようがなにしようが、わたしにとってはどうでもいいはずなのに。

　田岡自身に興味なんてない。わたしが興味を持っているのは、ジュウエンムイチの謎についてだけのはずなのに。

「……遊ばないってば」

「えーっ⁉　恥ずかしがんないでもいーじゃーん！」

　話の通じないアキに、苦笑いだけを返す。

　振り返ってみると、教室内はいつの間にか登校してきたクラスメイトでいっぱいになっていて、二十分前に感じた落ち着いた空気は、もうどこにもなかった。

梅雨だというのに、それからも相変わらず雨が降らない日が続いた。

晴れ、曇り、曇り、晴れ。

そうして日にちを重ねていくうちに、あっという間に一週間が経過してしまった。田岡の好きな人を見つけ出すどころか、手がかりさえ掴めないままだ。

そして一週間経った今になって、わたしは致命的なことに気がついた。

わたしと田岡は塾で一緒になるだけで、学校では別のクラスなのだ。田岡を学校で見かけることは、一日に一回あるかないかのレベル。そのたった一回で、田岡がうちのクラスの女子に話しかける瞬間なんて、とらえられるわけがない。

そのことに気づいてしまうと、田岡の好きな人を見つけるなんて、とてつもない無理難題な気がしてきた。

でも本人に聞くのだけは、絶対ナシだ。それはやっぱりルール違反《いはん》というか、ちょっと違うかなって、そう思うから。

わたしはわたしの力で、田岡が誰を好きなのかをつきとめたかった。知ってどうこうしようというわけじゃない。ただ、知りたかった。

わたしだけの特別を、心の内に置いておきたくて。

わからないことをずっと頭の中に抱えていると、モヤモヤする。なんとかして解明できないものだろうか。

授業中も上の空で、わたしはそればかりを考えていた。

頭を働かさなくていいはずの休み時間に突入してもずっと考えて、田岡のことばかりで、なんかもう、わたしなにやってるんだろうと、ため息をこぼして顔を上げた時だった。

「ひっ⁉」

目の前に、田岡がいた。

わたしはびっくりして奇声を発し、椅子から落ちた。エビみたいに反りかえって、クジラが尾びれで水を跳ねのけるみたいに大きな音を立てて、落ちた。

「うわっ⁉　三橋、大丈夫かよ⁉」

田岡がわたしに手を伸ばす。呆然《ぼうぜん》としてその手を掴めないでいると、田岡はわたしの腕をグッと自分のほうに引き寄せて、わたしを立たせた。

無事に椅子の上に戻ったわたしは、今度は鯉《こい》みたいに口を開けたまま、田岡を見上げる。不抜けたわたしを前に、田岡は心配そうな顔をした。

「ホントに大丈夫か？　三橋」

「だ……大丈夫……だけど」

しどろもどろになりながら、「な、なんの用？」と尋ねる。

「や、歴史の教科書借りようかと思って。二組、今日授業あったろ？」

そう言うと、田岡はわたしに人なつこい笑顔を向けた。

……いや、なんでわたし？

田岡に掴まれたばかりの右腕を、なんとなく身体の後ろに回しながら、わたしは自分の中に苦々しさが込み上げてくるのを感じた。

そりゃ、塾が一緒のよしみというやつかもしれないけど。でもわたしじゃなくていいじゃん。男子に頼んでよ。

田岡にとっては男子だろうが女子だろうがどっちでもいいのかもしれないけれど、周りは違う。とくにわたしのクラスは、男女が話しているだけで特別な意味づけをしてくるんだから。

実際、アキは自分の席からからかうような視線を送ってきているし、クラスの一部が少し……いや、かなり沸《わ》き立っていた。

「おーい、三橋？」

その雰囲気にわたしは気づくけれど、田岡は気づかない。苛立ちと焦りが込み上げる。

平和ボケのドンカン。ちょっとはわたしの立場も考えられないわけ？

「えーと……」

しかし困った。わたしの顔は、完全な引きつり笑いになっていた。

これ以上周りが盛り上がってしまわないように、さっさと田岡に教科書を与えて去ってもらえばいい。でもできない。なぜならわたしの歴史の教科書は、ついさっきの授業で、とても残念なことになっていたからだ。

抱えていたモヤモヤを発散するために、歴史上の偉人《いじん》たちに多種多様な種類のヒゲを書き加えたところだった。

チョビヒゲにドジョウヒゲ。ふわっふわのサンタクロースヒゲに、洞窟《どうくつ》の主みたいなもじゃもじゃヒゲ。うわあ、無理だ。絶対に見られたくない。

黙っているわたしを不思議に思ったのだろう。

「三橋？」

田岡が一歩迫って顔をのぞき込んでくるものだから、わたしはのけぞって慌てて言った。

「しょっ、諸事情により、貸し出しは行ってオリマセン」

早口で言ったから、宇宙人みたいな発音になってしまった。田岡が笑う。

「ははっ、諸事情ってなんだよそれ。授業はあったんだろ？」

「や……うん。あったけど、あったからダメっていうか……」

「お前も忘れたの？」

座っている姿勢から見上げると、元々デカい田岡はさらにデカい。

クラスメイトからの視線が痛いし、田岡はデカいし、一刻《いっこく》も早く田岡に去ってほしくて、もうヒゲ生やしの罪業《ざいごう》を見られてもいいかと、教科書に手をかける。

その時だった。

「……！」

わたしの頭の中に、ある考えがひらめいた。

そうだ。ピンチはチャンス、とはよく言ったもので、もしかしたらこれは絶好のチャンスかもしれない。

ただ遠くから観察しているなんてラチがあかない。今ここで、確かめてみればいいんだ。

心臓がドクドクと、速いビートを刻み始める。今にも飛び出しそうになる感情を内に秘めて、わたしはできるだけ何気ない声を自分の中から選び出して、言った。

「……他に借りれる女子、いないの？」

さりげなく、女子、を入れた。震えるかと思ったけれど、気張ったおかげで声は震えなかった。

……もし。

もし教室を見渡した田岡が、田岡の目が、一瞬誰かに止まったとしたら。一瞬でも、その視線に熱がこもっていたとしたら。

そうしたら、繋がる。夜中に落とされた、ジュウエンムイチの謎の答えに。やっとわかる。判明する。

これ以上なく期待していた。なのに、わたしの期待は外れた。

顔を上げた田岡は、一瞬菜落さんの破れた教科書を変な顔で見ただけで、その視線はどこにも止まらず、声に変わった。

「あー……俺に、歴史の教科書恵んでくれる人ーっ!!　三橋、ケチだから貸してくんねーんだよー!」

田岡の明るい声が、教室に響いた。

数人の女子がフフッと笑い、男子のひとりが「しゃあねぇなぁー」と田岡に教科書を投げて寄こした。

田岡の右手が教科書をキャッチする。そのさまは鮮やかで、思わずバスケ部の応援が口から飛び出てしまいそうだった。

運動神経のよさは、日常の何気ないワンシーンにも現れる。

「三橋のケーチ」

わたしにイーッとバイキン星人みたいな顔を見せた後、田岡は教室を出ていった。

少し下げられて、腰に引っかかっているズボンの口のところで、学校指定のものとは違うベルトが光っていた。

その後ろ姿が完全に見えなくなっても、アキに高いテンションで話しかけられても、次の授業が始まっても。わたしはなんだか上の空で、心ここにあらずだった。

クリスマスの朝に目覚めて、枕元にプレゼントがなかったみたいな。あったとしても、ワクワクして開けたら中身が空っぽだったみたいな。そんな気持ちだった。

……違うの？

ドキドキが去って、むなしさだけが残る心臓。誰に宛てるでもなく、問いかけていた。

違うのだろうか。田岡は、〝ジュウエンムイチ〟ではないのだろうか。

ジュウエンムイチなんてペンネーム、他に思いつく人がいるのだろうか。絶対に田岡だ。田岡なはず。でも。

よくよく考えてみれば、全国津々浦々《つつうらうら》の人間に投稿権があるラジオ番組で、自分と同じ塾に通っている男子の悩みが読まれ、それを偶然わたしが聴くなんてことのほうがあり得ない気がしてきた。

わたしのくすんだ日常に舞い込んだ、唯一のビビッド。赤い、原色のポスターカラー。

なのに上から水滴がポタポタと降ってきて、鮮やかだった赤が、水彩画のように淡く淡くにじんでしまう。

べつに、田岡は悪くない。田岡が悪いわけじゃない。

わかっているのに、イライラした。なぜかとても悔しかった。

わたしは消しゴムを取り出すと、歴史の教科書にギュウギュウ押しつけて、手書きヒゲを消していった。

第四章　有体無体の世界

ざぶん。深い海に潜りたい。深くて薄暗くて、ひんやりしたところ。

聞きたいのは、テレビの中で弾ける笑い声なんかじゃない。

高い声。バカにする声。怒る声。

死ねよ、の声。やっぱりぃ、の声。ねえ、好きなんでしょう？の声。

耳障りな声たちは網となり、自由に泳ぎたいわたしを捕まえようとする。

何層にも何層にも重なって。

網の目が重なるほど、小さくなればなるほど、くぐり抜けることは困難になって。

でも、脳みその網の目は逆。

目が大きいと、せっかく覚えた英単語が、全部こぼれ落ちてしまうから。

細かくあるべき網の目と、粗くあってほしい網の目。


三橋家のカレーは、甘口だ。

なぜかって、一応一家の大黒柱であるお父さんが、辛いものが苦手だから。

わたしもお母さんも中辛が好みだけれど、鍋を分けるのが面倒だし別に甘口もそれなりにおいしいしということで、お父さんが耐えられるレベルに設定されている。

「テスト、返ってきた？」

夕飯時。その甘口カレーを口に運んでいる最中、舞い上がるふかふかした湯気の向こうで、お母さんが聞いてきた。

口に含んでいるルーがとたんに苦くなり、わたしはゲホッと、大きく咳き込む。

「ケホ……ッ、……んなの、昨日の今日で、すぐに返ってくるわけないでしょ！」

「は？　なに怒ってるのよ」

お母さんの眉間に、キュッと深いシワが寄る。わたしもムッと唇をとがらせて、スプーンの柄を握る手に力を込める。

そして思う。怒ってるんじゃない。焦ってるんだ。だってその質問は、今一番してほしくない質問だったから。

昨日。長いテスト期間を経て、一学期の期末テストが終了した。

本来なら今は、テスト勉強から解放されて、幸せな気分に浸っている時期のはずだ。なのにわたしが憂鬱なのは、テストの出来がひどかったからに他ならなかった。

別に勉強をサボったつもりはない。なのに全然ダメだった。びっくりするほど答案用紙を埋めることができなかった。手応えがある教科なんて、ひとつもない。

……今回のテストは、かなりハイレベルだったんだ。

わたしはそう、自分を励ますことにした。

きっと先生たちの作戦なんだ。テストを難しくして、生徒たちに勉強しないとまずいと思わせるための作戦。

これからやってくる夏休みという長い期間をなまけさせないように、わざとハードルを上げたのだ。よく言えば愛のムチ。悪く言えば性悪《しょうわる》。

カレー皿の向こうに見えるテレビの中では、芸能人たちが大げさなリアクションをとって笑っている。

ウソっぽい笑顔だなぁと思う。楽しくないのに笑っているのが、見え見え。それが仕事なのかもしれないけれど、今のわたしには白々しく見えて仕方がない。

さっきまではおいしかったのに、テストの話題を出されたせいで、カレーの味を感じなくなってしまった。

「……ごちそーさま」

無理やり喉に流し込んで食事を終わらせると、わたしは茶色く汚れたカレー皿をキッチンへと持っていく。

お皿を流し台に置く際に、ゴン。わざとではないのだけれど、少し乱暴な音を立ててしまった。

「ちょっと！」

その音を聞き逃さなかったお母さんが、わたしに非難の声を浴びせてくる。

「お皿に当たることないでしょう!?　ねえ八子、アンタさっきからなにを怒ってるわけ？」

「……怒ってないよ」

「怒ってるでしょう！」

「怒ってないってば！」

叫ぶように反論して、わたしはリビングを出ると、二階の自分の部屋まで駆《か》け上がった。

そのままの勢いでベッドにダイブする。バッシャーン！なんて、小気味よい水音はしない。ボヨンボヨンと、身体が二回弾んだだけだ。

お母さんと一緒にいるとイライラするから、もう自分の部屋に引きこもってしまうことにする。簡易な籠城《ろうじょう》。わたしは殿様でも姫でもないけれど。

「……ムカつく」

ぼやきが口からこぼれる。お母さんはいつも口うるさい。

どうしていつも、わたしが一番言われて嫌なことを言うんだろう。聞かれて嫌なことを聞くんだろう。ある意味天才だ。わたしを追い詰める天才。

まだ返してもらっていなくても、テストの結果が散々なことはわかっている。だから もう、聞かないで。言わないで。わたしがダメだったから。

ベッドに寝転がった状態で、長く深い息をつく。ふと水色のノートパソコンが目に入り、芋づる式にジュウエンムイチ――田岡のことが、頭に浮かんだ。

……っていうか、田岡のせいだ。テスト問題が全然解けなかったのは。

ささくれ立った気持ちで、わたしは思う。

ジュウエンムイチは誰が好きなのか、そもそもジュウエンムイチは田岡なのか。一向にはっきりした答えが出ないから、学校でも塾でもずっとモヤモヤソワソワし続けて、テスト勉強に十分に集中できなかった。

そうだ。田岡のせいだ。これで内申が下がったらどうしてくれるんだ。ストレスのせいで十円ハゲでもできたらどうしてくれるんだ。

ジュウエンムイチはそっちなんだから、十円ハゲがお似合いなのは田岡のはずなのに。ジュウエンハゲに改名してしまえ。いっそハゲてしまえ。

『隣のクラスの女子が気になっています。自分とはタイプが全然違う子で、どう接したらいいかわかりません――』

お兄さんの低い声が読み上げた、お悩みの内容が頭に浮かぶ。

もう何回、脳内再生しただろう。聞いた時には大興奮で、どこか野次馬みたいに謎を楽しんでいる自分がいたけれど。でも今となっては、あんなお悩み相談、聞く前に眠ってしまえばよかったと思う。

どう接したらいいかわからない？　好きな人がいるだけマシじゃんか。

好きな人の作り方すらわからないわたしより、田岡はずっと先に進んでいる。そんなお悩み、わざわざ投稿しなくてもいいのに。自分で考えろ、バカ。

イライラする。シワになっているシーツ、ゴミ箱に入り損ねて床に転がっている紙くず、真ん中に微妙にすき間のあいたカーテン。もうなにもかもにイライラする。くるりと身体を回転させてうつ伏せになり、ベッドのマットレスに顔をうずめる。呼吸がますます荒くなる。

髪の毛が頬にくっついてきて、すごくうっとうしかった。中途半端な長さのわたしの髪。耳にかけても落ちてくるし、後ろでまとめることもできない髪。

「サイアク」

なにに向けてかわからない言葉を吐いた。

もしポニーテールにまとめるくらい髪が長かったら、一度結んでからジャキンと、根本をハサミで切ってしまいたかった。

田岡はもしかしたら、わたしを苛立たせるために生まれてきたのかもしれない。

「へーい！　記録こうしーん！」

翌日の木曜日。塾に着いてドアを開けた瞬間、田岡のふざけた声が飛び出してきて、わたしはそう思った。

田岡を筆頭とする男子たちは、下敷きを指の上に何秒載せていられるか、というなんともアホらしいゲームに熱中していた。

指の上に長く載せられたからって、なんになるわけ？　男子って本当に幼稚だ。とくに田岡。どうしていつもこうなんだろう。頭に豆腐でも詰まっているんじゃないだろうか。

心の中で毒づきながら、靴を脱いで教室に入る。わたしがいつも座っているのは、コの字型テーブルの一番端。コピー機の隣だ。

いつも座っているその席に着こうとした時、

「あ、ねえねえ八子ちゃん！」

すでに来ていた女子に、声をかけられた。

男子にならうっとうしさがにじむ視線を向けてもいいけれど、女子の間でそれはタブーだ。わたしはすぐに、笑顔を作る。

「ん？」

「今回の英語、簡単だったよねぇ」

簡単。予期せぬ単語に、笑顔が少し引きつった。わたしが答える前に、周りの女子たちが、うなずきながら同意してくる。

「ねー。中間よりマシだったよねー」

「リスニング以外は解けたほうかなぁ」

みんなの発言に、愕然《がくぜん》とした。まじか。今回は難しかったからみんなできていないだろうって、そう思っていたのに。

衝撃を受けているうちに塾の開始時刻となり、松尾先生が教室に入ってくる。

「みんな、テストどうだった？」

松尾先生までもが、開口一番《かいこういちばん》にテストの出来について聞いてきて、わたしは逃げ出してしまいたい気持ちでいっぱいになった。

「よっゅーー！　俺、数学満点かもしんねぇ」

そこにトドメを刺すかのように、田岡がおちゃらけたふうに言うものだから、わたしの気分は底の底まで急降下する。

……やばい。できてないの、もしかしてわたしだけ？

「八子ちゃんは？」

黙っているわたしを見落とさずに、名指しして尋ねてくる松尾先生。

放っておいてくれればいいのにと思いつつも、仕方なく「……うん、まあまあ」とごまかしの答えを口にした。テストが返ってきたら、バレてしまうウソだ。

こういうところが個人塾のマイナス点だよなぁと思う。テストの結果についての会話が全員に聞こえてしまうから、出来の良《よ》し悪《あ》しが流出してしまう。

大型の人があふれる塾なら、たとえ結果が貼り出されたって、たくさんの名前の中に紛れてしまえるのに。

そしてわたしを放っておいてくれないのは、松尾先生の追及《ついきゅう》だけではなかった。

この後もうひとつ、わたしを逃してくれなかったものがあったのだ。


「ハチ!」

午後九時過ぎ。

勉強を終えて塾から出ると、ある人物たちがわたしを待ち構えていた。

それは、アキと住友くんだった。塾生ではないのにどうしてこんなところにいるのかと驚いて固まっていたら、手招きしてもう一度呼ばれた。

「ハチ! それから田岡くん! ちょっと来て!」

わたしだけでなく、田岡の名前を添えて。

「おお、スミ! どした!?」

元気の余った声。わたしの後ろにいた田岡が、わたしを追い越してふたりのほうに駆けていく。

いったい何事だ。頭を整理できないでいるうちに、住友くんは水色のバケツを掲げて、満面の笑みでこう言った。

「今から四人で、花火しようぜぃ!」

……花火？

呆然として、わたしはアキに視線を送る。

住友くんの隣で、満足気に微笑んでいるアキ。わたしはその笑顔の裏に、先日野球部の朝練を眺めていた時の、アキのたくらみ顔を見た。

……まさか。

目の前の光景と状況に、わたしは本日二度目の愕然を味わった。暑さのせいではない汗が、ジワリとにじみ出す。

そういえばあの時、アキは田岡とのことを企画するとか、任せろとか言っていた気がする。でもまさか、こんな強硬《きょうこう》手段に出てくるなんて。

急に押しかければ、わたしが逃げられないと思ったのだろうか。こうまでしてわたしと田岡をくっつけたいのか。アキ、なんてヤツ。

花火なんて、絶対にしてやるもんか。反発心を燃やしながら、わたしは表情を硬くしてアキの元に歩み寄る。

「……あのさ、アキ――」

「見て、ハチ！　花火、すっごいたくさんあるんだよー！　あ、お金なら大丈夫！　タダタダ！　全部、スミの家に眠ってたやつだから！」

今現在、わたしの中でまさに信用ダダ下がり中のアキが、無邪気な笑顔を作って言った。ちくしょうめ。

「……そんな急に。無理だよ。うち、お母さんうるさいし……」

「大丈夫、三十分くらいで終わるよー！　そこの公園でやろう！　ね？」

「いや……でも……」

「塾、ちょっと延長だったって言えばいいじゃん」

田岡の明るい声が、わたしの断り文句を遮《さえぎ》った。

「やろうぜ、花火！」

元気にそう言って、笑いかけてくる田岡。アキのは無邪気を装った笑みだけれど、田岡がわたしに向けるのは、他意のない無邪気な笑みだ。

「……う、」

「おっしゃー！　花火とかまじ久々！　公園までダッシュすんぞー！」

その笑顔に圧《お》されて言葉を見つけられずにいるうちに、田岡が張り切った声を上げて走り出した。アキと住友くんが、その後に続く。

「ハチも早くーっ！」

アキの声が飛んでくる。

住友くんの緑のポロシャツ。アキのワンピースの赤。田岡の、制服の白。振り回される、水色のバケツ。

暗い中に飛び散るいくつもの色。まるでこの姿が花火みたい。勢いがあって、自由だ。

「……はあ」

半分は呆れの、そしてもう半分は降参の気持ちで、小さくため息をつく。なにも言わずに帰るわけにもいかず、わたしも結局、遅れて三人の後を追った。

公園は、塾からわたしの家へ帰るのとは逆方向に位置している。

公園というよりも、グラウンドに近いような場所だ。広い砂地の端にブランコと滑り台がちんまりと置いてあるだけで、あとはなにもない。

ここで小学生が野球の試合もどきをして遊んでいるのを、しばしば見かける。野球じゃなくて、サッカーの時もある。

昔から不思議に思っているのだけれど、男子はいつぞやから野球タイプとサッカータイプに分かれるのだろう。その決め手はなんなんだろう。そして野球男子とサッカー男子が互いにライバル視し合うのは、どうしてなんだろう。

ちなみにわたしは、野球もサッカーもとくに好きじゃないけれど。

「じゃっじゃーん!!　大量花火ーっ!!」

軽く息を切らして公園の入り口にたどり着くと、三人はもう、地面に花火を広げ始めていた。

　本当にたくさんある。去年の余りなのだろうか。住友くんの家が火事にならなくてよかったな、と思いながら、わたしは裏切り者のアキに視線を送る。

　住友くんの隣で、顔がふやけてしまいそうなほどニコニコしているアキ。赤のノースリーブワンピースから出ている肩が、なんだかとてもまぶしく見える。

　今日のアキはなんていうか、とてもオンナノコだ。

「みーつーはーしーっ！　突っ立ってないで来いって！」

　テンション高く田岡に呼ばれ、苦々しく思いながらも、三人の元に近寄っていく。

「ほい」

　花火を一本渡された。受け取って、田岡の隣にしゃがむ。

「……田岡」

「ん？」

「ズボン下げすぎ。パンツ見えるよ」

　目のやり場に困ったので、忠告しておいた。

　制服のままの田岡は、学校にいる時よりさらにズボンの位置が低い。電灯の薄明《うすあ》かりに照らされて光っているベルトは、前に教室で見たのとは別のものだ。

「きゃー！　どこ見てんのよ、三橋ぃーっ！」

腰の辺りを押さえて、オカマみたいな声を上げる田岡。ぶわっと鳥肌が立つ。

「……びっくりするほどキモい」

「ははっ。てか、女子がパンツとかデカい声で言うなー。ＰＭと言え」

「……なによそれ」

「パンツ見えるよ、の略語」

「……心からセンスを疑うわ」

「はは、ひっでー！」

大きな声で田岡が笑うから、呆れると同時に面白くなって、もうどうでもいいか、という気がしてきた。

田岡のアホさが移ったのかもしれないな。ひねくれてふてくされているほうがもったいないな。

仕組まれた四人花火。最悪の結果であろうテスト。女子力の差。わたしの将来。どうでもいい。もう、どうにでもなれ。

夜は不思議だ。だって新鮮に見えるのは、アキのノースリーブだけじゃない。頭。首。腕。出ている部分は昼間の、学校にいる時となんら変わらないのに、わたしの目には男子ふたりの姿も、目新しいもののように映り込む。

ずいぶん履き慣らしてて見飽きている自分の運動靴さえも、闇に白く浮かんで、まるで海にいる夜光虫のように見える。

最初に火をつけた花火は、緑色だった。

まっすぐ、勢いよく吹き出る光の線。発光するキュウリみたい。おいしくはなさそうだけれど、きれい。きれいだ。

田岡のつけた花火の色は赤で、「うわっ、まじ火みてぇ!!」とか言い出すから、わたしはあんぐりと口を開けてしまった。

いや、火だろうよ。心の中でこっそりツッコんでいたら、なにを思ったか、田岡は花火を口にくわえた。でもくわえた瞬間、その火は消えた。

「くっそ、火吹き竜になり損ねたー!」

……なんだそれ。ツッコミたくもない。

アキの花火はピンク色だ。それを振り回して、宙になにか描いている。

「スミ、ハートに見える!?」

一生懸命叫んでいるけど、住友くんはあまり見ていない。火が消える前に次の花火に点火しようと必死で格闘《かくとう》中だった。目がまじだ。

だからわたしが、代わりに答える。

「うん、見える見える」

「三橋! 俺、竜に見える!?」

田岡のことは、無視した。

　せっかくだから一本ずつやらないともったいないと思うのだけれど、みんな二本同時につけるから、負けじとわたしも同時点火することにする。

　辺りは暗いし、適当に選ぶから、火をつけてみないとどの種類の花火かわからない。先端《せんたん》に火をつけると、右に持ったほうは最初にしたのと同じ直線キュウリ花火で、左に持った方はパチパチ、金色が弾ける花火だった。

　この種類はちょっと苦手だ。元気のいい火花が手に当たりそうで怖いから、できるだけ端を持つ。

　わたしの手元で元気よく弾ける花火より、いっそう元気な声が、夜の空気を彩《いろど》る。

「ばんざーいっ!!」

「赤上げてーっ？　赤下げないでっ、白下げない！　ハーイ、スミざんねーんっ!!」

「はぁ!?　そんなら田岡、お前やってみろよ!!」

　笑って、笑って。息づいているみんなの声を聞きながら、思う。もしここが雪の上だったら、もっときれいだったかもしれないな。

　色とりどりの光は、きっと雪の白に映える。濃い絵の具を落としても、画用紙が白でなければ目立たないのと、同じ原理。

　半年近く遡《さかのぼ》った、寒い冬の日を想像してみる。

お正月を過ぎた辺りには雪が降っていた。ここら辺では珍しい大粒の雪が。舞い落ちてくる大粒の雪に多彩な光を当てて、焦がして、季節に反抗する。冬が、じゅわっと溶けるよ。

気がつくとわたしも幼い子どもみたいにはしゃいでいて、バカみたいに笑って、喉がカラカラになっていた。

手持ちの棒花火は、線香花火を残してあっという間になくなった。あんなにたくさんあったのに、アキが宣言したとおり三十分以内で終了。田岡が二本持ちならぬ四本持ちなんて、ふざけたことをしていたからだ。

光がなくなっても、まだ目に焼き付いている。あか、きいろ、みどり、あお。噴射《ふんしゃ》する光の色。笑い声。

久しぶりに、心のど真ん中で楽しいと思えた。偽りなく、楽しかった。

「海だったら、吹き上げとか打ち上げとか、いろいろできるのになぁ」

バケツに入り損ねて散らかっている花火を片づけながら、残念さを混ぜた笑顔で田岡が言った。この一帯で打ち上げなんかしようものなら近隣住民から苦情の嵐だから、できるのはせいぜい手持ち花火くらいなのだ。

そうだよね、とうなずいた。うん、海、行きたいなぁ。

波のプールではない、本当の波に押されたい。海なんてしばらく行っていない。部活が忙しかったし、家族旅行なんて小学五年生の時以来していないから。

「お前には絶対、ロケット花火持たせたくない」

住友くんが田岡にそう言って、アキが笑った。たしかに田岡は、友達のお尻目がけて打ちそうな人間、ナンバーワンかもしれない。このメンバーの中だけじゃなくて学年全員を含んだとしても、きっとナンバーワンだ。

棒花火があっという間に終わってしまった分、わたしたちは線香花火を丁寧にすることにした。

「線香花火って、最後まで玉が残った人の願いが叶うんだよ！」

細い糸のような線香花火を配りながら、アキが言う。なんだかとても張り切っている。

最後まで落ちなければ、願いが叶う。

そういうジンクスに弱いのが、女子という生きものだ。

まあわたしも一応女子だけれど、種類が違う女子だから。アキはどうにかして、わたしを同じ種類にしようとがんばっているみたいだけれど。

……願いが叶う、か。

心の中で唱える。信じる種類の女子じゃないはずなのに、なぜか今日に限っては、なんとなく意識してしまっている自分がいた。

手のひらで風よけをしながら、そうっと火をつける。沈みかけの太陽と同じ色の玉が、先端に生まれる。

赤に近い、濃いオレンジ。そのオレンジに、おのおのの願いがこもっている。

手が震えないように気をつけながら、わたしはみんながなにを願っているのか想像してみた。

アキはきっと、住友くんとずっと一緒にいられますように、とかだろうな。住友くんは？　同じだといいね、アキ。

……田岡は？

目だけを動かして、そっと田岡を見る。田岡は、塾のテストの時よりももっと真剣な顔で、眉をキリリと上げて、線香花火の先を見つめていた。

真面目な顔もできるんじゃないか、と思った。黙っていれば男前なのに、とも思った。

口には出さずに、その顔に向かって呼びかける。

おーい。こちら、ニハシノコですー。そちら、ジュウエンムイチさんですかー。

自分で呼びかけておいて、すぐに恥ずかしくなった。うわあ、アホらしい。バカだなわたし。

げんなりして、小さく息を吐く。線香花火の玉が揺れて、慌てて口を閉じた。

気を取り直して、考える。田岡はなにを願うんだろう。好きな子と両想いになれますように？　好きな子と、少しでも仲よくなれますように？

恋愛系の願いとは限らないのに、わたしの頭は、どうしても恋愛系のものばかり予想してしまう。

田岡は、その子と話さないのかな。その子とはどれくらいの仲なのかな。ジュウエンムイチは、田岡ですか。

そんなことばかり考えていたら、わたしはなにも願えなかった。なにを願えばいいのか、わからなかった。

「――あ」

三人の玉は大きく膨《ふく》れ上がって落ち、わたしの玉だけが、最後まで残って息をしていた。

願いが込められた玉は落ち、込められていない玉が残る。そんなふうに、わたしたちの生きる世の中は、うまくいかないことばかりだ。

大切にすべきものが、ないがしろにされる。無法がまかり通り、きれいなものが汚される。

そのことを、わたしは翌日、これでもかというほど思い知らされることになる。

「傘、持っていきなさいよ」

花火から何時間か経過して、迎えた朝。学校に行く支度を済ませて玄関で靴を履いていたわたしに、お母さんが声をかけてきた。

ええ、こんなに晴れてるのに。口にせずとも表情からわたしの心を読んで、お母さんは続ける。

「いいから持っていきなさい。天気予報では午後から崩れるって言ってたの。っていうか八子、今日は家出るのずいぶん早いのね」

「あー……うん。まあ、たまにはね」

早く出る理由は、学校で宿題をしようと思っているからなのだけれど、そこは伏せてごまかしておく。昨晩は花火で疲れていたおかげで、宿題をせずに眠ってしまったのだ。

お母さんにバレたら、また小言が飛んでくるに決まっている。朝から無駄にＨＰを削られることだけは避けたい。

「じゃ、行ってきまーす」

「八子、傘！」

「ハイハイわかったから！　あーっ、もう！　押しつけないでよ」

「ああ、そうだ。今日の夕飯なにがいい？」

朝ならではの、忙しなく目まぐるしい会話。ちょっとだけ頭をめぐらせたけれどとくに思いつくものがなかったから、やる気のないひとことを投げ返した。

「なんでもいーー」

荷物をひとつ増やして、家を出る。

ピッカピカのお日様の下、わたしが手にしている水玉模様の緑の傘は、違う時代のものであるかのように浮いている。

小さくこぼれるため息。わたしのお母さんは、昔からすごく過保護だ。過干渉すぎて、まるで見張り番みたい。口出ししすぎると逆効果だってわかんないのかなぁ、と面倒くさく思う。

わたしにもし子どもができたら、絶対こんな育て方はしたくない。もっと伸び伸び、育ててあげたい。

けれど子育てについて考える前に、子どもを産むならまず、結婚しなければいけないわけで。

結婚。お付き合い。彼氏彼女。過程を遡ってみたら、びっくりするほどわたしからは遠い。日本の裏側、ブラジルとの距離よりさらに遠く感じた。

ふあぁ、とひとつ大きな欠伸をする。よく寝たのに、まだ眠かった。昨晩は、ラジオをつけることなく眠りに落ちてしまった。

そんなことは珍しかった。久々にはしゃいで、よっぽど疲れたのだと思う。けれど、心地よい疲れだった。だってどんなに身体が疲れていても、心がモヤモヤしていたら、すんなり眠りには入れないはずだから。

……わたしは今朝起きるまで、どんな夢を見ていたんだろう。

空に浮かぶ、雨雲にはなりそうにないまあるい形の雲を見上げて、そんなことを考える。

ぐっすり眠ると夢を見ないというのはウソで、人間は必ず夢を見ているのだと、テレビか本かで見たことがある。起きるタイミングによって、夢を覚えていたりすっかり忘れてしまっていたりする。それだけのことだと。

もし昨晩見ていたのがいい夢だったなら、忘れてしまったなんて残念だ。でも、その逆なら。悪い夢だったなら。

まあるい雲を三つ、傘の先端で串刺し団子にする想像をしながら、わたしは思う。

悪い夢なら……忘れる機能って、すごく便利だ。

覚えていることより忘れることのほうが、きっと大事。悪いことをずっと覚えたままでいなければならないのなら、脳みそも心もパンクしてしまうから。

耐えられる心の容量は少ない。容量が満タンに近づくにつれ、わたしたちは笑えなくなる。

そうして歩いているうちに、遠目にだけれど校舎の一部が見えてくる。

わたしの通う中学校は、この間めでたく創立五十周年を迎えたところだ。よって校舎はいろんなところがハゲて黒ずんでおり、とてもきれいだとは言い難い。

改修してほしいけれど、それよりもどちらかというと、体操着のデザインを先に変えてほしいと、わたしは前々から切に願っている。

今の体操着は、明るすぎるブルー地に、肩部分には謎の赤いラインが入っていて、足首部分は絞ったデザインになっている。まじでダサい。いつの時代だよって感じだ。

逆にどんなデザインなら嬉しいかなぁ、なんて頭の中で理想のデザイン画を描きつつ、歩みを進めて広い道に出る。

「……あ」

とそこで、わたしはばったり、田岡に遭遇してしまった。

「うお、三橋」

田岡のほうもわたしに気づき、欠伸を交えながらわたしの名前を呼んだ。

今日の田岡は、わたしと同じくとても眠そうだ。目があまり開いていないし、ふにゃふにゃした口からは今にももうひとつ、欠伸が漏れ出てきそう。

田岡の茶色い髪には、ダイナミックな寝癖がついていた。しっぽのように毛束が直角に跳ねていて、理科の教科書で見たカブトガニのようだ。

「三橋、いっつもこれくらいの時間に登校してんの？　はえーな」

古来の生物と化した田岡が、眠気の抜けない声で聞いてきた。

「……や、今日多分一時間目当たるのに、宿題やってなかったんだよね。昨日帰って、すぐ寝ちゃったし」

わたしが言うと、田岡の顔がパッと輝いた。

「あー一緒！　俺も!!」

「うーわー。田岡と同レベルかぁ」

「うーわー。傷つくー。もっと喜べよ」

ヒヒッと田岡が笑った。イタズラっ子みたいな、少し幼い笑顔だ。

田岡の幼い笑みを見ながら、変なの、とおかしく思う。

変なの。なぜか今日は、田岡に対して気まずさや苛立ちが起こらない。それどころかわたし、田岡に親近感を抱いている。

昨夜一緒に花火をした。ちょっとした非日常を共有した。たったそれだけのことだ。

でもそれだけのことで、わたしが田岡に対して持つ印象は、ずいぶん大きく変わってしまったらしい。

田岡は、悪いヤツじゃない。調子がよくてうるさいけれど、裏を返せばそれは、いつも周りを盛り上げられるという長所でもあるわけで。

だって昨日、田岡の無邪気な笑みと楽天的な発言のおかげで、わたしのイライラの火はしゅんと消火されたから。昨日は、本当に楽しかったから。

今までわたしが悪く捉えていただけで、田岡は元々、いいところをたくさん持っている男子なのかもしれない。

田岡には、周りを巻き込む引力がある。だから人が集まる。

相手を疑ったり、計算したり、変に媚《こ》びたり。そういう卑《いや》しいことをしないで、物事に素直に向き合える。裏表がない。自然といいところだけをすくうことができる。

田岡は多分、わたしみたいに小さなことにイラついたりしない。心がゆったりしている。

そういうのって、すごく大事だ。わたしも見習わなくてはと思う。


「田岡って、広大って名前似合うよね」

学校に着き、下駄箱の前で靴を脱いでいる時、わたしは田岡に言った。脈絡のない発言だったからか、田岡はキョトンと目を丸くする。

「そうかぁ？　なんだよ、いきなり」

「ううん、ふと思っただけ」

「ふうんっ」

田岡の足元に、パタン、パタンと左右の上履きが降る。油性マジックで、片方に田岡、もう片方に広大、と書いてある。

広大。広々した性格をしている田岡にぴったりの名前だ。もしかしたら人は、つけられた名前どおりの人間に育つのかもしれないな、なんてことを考える。

そういえばアキだって、明るいという字を書くし。亜紀でもなく、秋でもなく、明。いつもテンションの高いアキにふさわしい漢字だ。

けれど、上履きに書いてある自分の名前を見た瞬間、名前どおりの人間に育つ説は簡単にくつがえってしまう。

三橋八子。八子のハチは、末広がりだからという理由でお母さんがつけてくれたものだ。

スエヒロガリ。先に進むにつれて、栄えていくこと。なのにわたしは、学年が上がるにつれて、いろいろな面で衰退しているように思う。

つけられた名前のとおり育つというなら、わたしの名前は広がるとは逆の意味の狭まるで、狭子になってしまうな。

セマコ。我ながら、ネーミングセンスがなさすぎる。

「あー授業だりーなー。隕石でも降ってこねーかなぁ」

「……それ、普通に死ぬけど」

「例えだって。それくらい嫌だってこと！　冗談通じねーなぁ、三橋はー」

「ハイハイ、すんませんね」

広がりもせず狭まりもしない廊下を、田岡と並んで歩く。肌色をしている廊下は、光の加減か、今日はずいぶん白っぽく見える。

宙を舞う埃が、朝日でキラキラと輝いている。偽物のダイヤモンド。とんだイミテーションだ。

時間が早いからか、白い廊下に他の生徒の姿は見当たらなかった。

冷やかしの視線がないことに、少し安堵する。一緒に登校してくるなんてお前たち付き合ってんのー？なんてからかわれたりしたら、お母さんの小言よりもＨＰが削られるから。

なにも言われない。気にしなくていい。

だからわたしは、そのまま心穏やかに自分の教室に入り、席に着き、真っ白な宿題と向き合う。その予定だった。

……次の瞬間までは。

田岡のクラスである一組に先に着いて、互いに「じゃあ」と別れの挨拶をした時だった。

ガッシャーン――！

すごく嫌な音が聞こえた。なにか倒れたような、聞き慣れない音。

音がしたのは一組じゃない。わたしのクラス、二組からだ。自分のクラスに入ろうとしていた田岡は、怪訝な顔をしてその足を止めた。

「……なんだ？」

わたしのいるほうに歩いてくる田岡。さあ、と首をかしげる。まだ登校してきている生徒が少ないこの時間に、何事だろうか。

まさか泥棒？　そんな予想が、ヒヤリと背筋を冷たくする。

落ち着かない気持ちで、田岡と二組の入り口に立つ。開けるぞ、と確認するようにわたしに目配せをしてから、田岡がドアに手をかける。

――カラリ。

ドアが開く音が耳に入るのと、映像が目に飛び込むのは、どちらが早かったのか。

教室の中に広がっていたのは、想像もしなかった光景だった。

想像、するわけがなかった。わたしの身体は、その場に固まってしまった。

教室には、嶋田さんグループの女子と、数人の男子がいた。

その真ん中で、菜落さんが、両手をはがいじめにされて立っていた。

背筋が凍った。異様な世界だった。

菜落さんのセーラー服はスカーフが解かれ、白い胸元がはだけていた。セーラー服の下からは、同じく白く細い脚が伸びて。

その下に、水たまりみたいにスカートが落ちていて、脱げかけた靴下の片方が、ゆらりと水に浮かぶカエルのタマゴみたいな形をしていた。

動けなかった。痛くて、とても直視できないと思うのに、わたしの身体どころか、眼球すら、言うことを聞いてくれなかった。

静止したわたしの眼球に、菜落さんの姿がジュウと、焼きつけられる。

泣いている。泣いている。

今までどんな嫌がらせを受けても、泣かなかった。黙って唇を結んでいた。ぐちゃぐちゃの教科書をめくって、背筋を伸ばして、勉強に打ち込んでいた。その、菜落さんが。

……なにしてんの。

いや、それは、さすがに、ウソでしょ、ダメでしょ、やばいでしょ、やめなよ。たくさんの言葉が、頭の中にうじゃうじゃと湧き上がる。

なのにショックで、なにも言えなかった。助けなきゃ、と思った。

すぐにでも教室に踏み込んで、菜落さんに駆け寄って、制服を拾ってあげなきゃ。掴まれた腕を、ほどいてあげなきゃ。

なのに、動けなかった。足がすくんでいた。口がパクパクと勝手に開閉する。でも空気は入ってこない。

苦しい。肺がしぼむ。直接氷を押し当てられているくらい、背中が冷たくて熱い。冷たかった。熱かった。なにも言えなかった。わからなかった。

立っていた。突っ立っていた。わたし。

飛び出していった、のは。

「――っ」

田岡、だった。

教室の中と外。境界線を越えて、田岡が勢いよく飛び出していった。

一瞬の出来事だったのに、その姿はなぜか、スローモーションみたいに見えた。

田岡の拳が、剛速球で嶋田さんに向かう。殴られた嶋田さんが吹っ飛ぶと同時に、わたしの中の田岡のイメージが吹っ飛んだ。

この時わたしが見たのは、〝広大〟という名前が似合う田岡じゃなかった。

なにが起こっているのかわからなかった。映像としては絶え間なく流れ込んでくるのに、頭の中で整理することができなかった。

田岡は手を止めない。制服の襟首《えりくび》を持ち上げられ、ぶらさがった人間の影。蛍光ピンクのシュシュが、異生物の血のように、長い髪にこびりついていて。

田岡は、見たことのない顔をしていた。殺すんじゃないかって思うくらい。エサを追うライオンの牙より、喉元に突きつける刀の切っ先より、もっと。もっと鋭い。すくんでいた足が震え出す。わたしは境界線をまたげない。

歪んだ机と、おかしい世界。

人が人に、動きを封《ふう》じられる。制服を脱がしにかかられる。

人が人を、殴る。殴られる。

ひどい、本当にひどいことが、目の前で、数メートル先で起こっている。起こっている、のに。

わたしをなによりも打ちのめしたのは、そのどれでもなかった。

最低だ。こんな非常事態の時に頭に浮かんだのは、今考えるべきじゃないこと。わたしがずっと抱えていた、謎のこと。わたしは勝手に、ひとつの結論を見つけ出してしまった。

気づいてしまった。わかってしまった。

ジュウエンムイチ、が。

田岡が好きなのは……菜落ミノリ、だ。

その日の午後から、雨が降った。

傘を差しても意味がないくらいの激しい土砂降りだった。

田岡は駆けつけた先生に連れていかれ、いつの間にか消えていた菜落さんが、教室に戻ってくることはなかった。

夜になっても、土砂降りの雨音がやまない中。

わたしはアキからの電話で、菜落さんが交通事故に遭ったことを、知った。

第五章　失火防火の世界

なにかが、沈んでいる。

ぶくぶくと、泡を少しずつ吐いて、少しずつ沈んでいく。

誰も、手を差し出さない。手を伸ばせば、救うことができる距離なのに。

そうしてわたしたちは、笑いもせず、泣きもせず、見ている。

沈んでいくものが、海底の、二度と光を浴びることのない黒い岩となっていくのを、ただ傍観している。

なにかが黒い岩となって、じゃあそれを見ているだけのわたしたちは、いったいなにになれるのだろう。


『記録的な大雨は、各地で甚大《じんだい》な被害をもたらしています――』

朝、リビングに下りてテレビをつけると、ニュース番組が大ボリュームでかかった。起きているのに、耳元で目覚ましを鳴らされているかのような不快さだ。どうせ、深夜までテレビを見ていたお父さんが、音量を上げたままにしていたのだろう。

お父さんは遅い時間に放送される車のレース番組を楽しみにしていて、エンジン音は大きいほうが臨場感《りんじょうかん》があっていい、という理由でいつも音量ボタンをいじくっているから。

『宮崎県では、一時間に三十ミリの降水量が観測され――』

叫んでいるみたいにニュースを読み上げているアナウンサー。わたしは食卓につくと、テレビに向かってリモコンの音量ボタンを長押しして、一気に音を小さくした。ちょうどいい音量になったところで、キッチンにあるトースターがチン！とかわいらしい声を上げる。

「はい、八子。焼けたわよ」

焼き上がったトーストを、お母さんが運んでくる。花柄皿にのったトーストの表面は、キツネ色をとっくに通り越していた。

焦げてるし、と顔を歪めてしまいそうになるけれど、焼いてもらった立場なので文句は呑み込む。

トーストの黒くなった部分をにらみ、指先でコゲを取り除く作業を進めながら、耳では流れてくるニュースを聞く。

『今後土砂崩れの恐れがある地域は――』

さっきから放送されているニュースは、金曜日から降り続いている大雨と、それによる被害についてのことだった。

この間までは、梅雨なのに雨が降らないというニュースがよく読まれていて、水不足が懸念《けねん》されていたというのに、一転して日本には今、水があふれすぎているらしい。

激しい雨音が、壁や窓を通り抜けてわたしの耳に入ってくる。バラバラバラバラバラ。

ザアザアザアザア。無情なその音は、わたしを三日前のあの瞬間に引き戻していく。

トーストをむしる手を止め、わたしはギュッと、唇を結んだ。


三日前の金曜日。

田岡が、嶋田さんを殴った。

その事件は登校してきた生徒たちにあっという間に広まり、学校は一時、お祭り騒ぎとなった。

田岡、菜落さん、嶋田さん。当人たちがいなくなった空間では、様々なウワサが飛び交っていた。とても授業どころじゃない雰囲気だった。少なくともわたしは、授業どころじゃなかった。

制服を脱がされていた菜落さん。意地悪く、満足気に笑っていた嶋田さん。飛び出していった田岡。気づいてしまった田岡の気持ち。

目の前で起きたことにかなりショックを受けていて、脳みそはフリーズしていて、とても普通にノートをとることなんてできなかった。

その日一日、どうやって過ごしたかはよく覚えていない。部活は、気分が悪いと言って休んだ。

ふらふらと家に帰って、魂が抜けたように部屋でぼうっとして。午後十時には習慣でラジオをつけたけれど、いつもならわたしを地底に連れていってくれるお兄さんの声も、ろくに耳に入ってこなくて。

　そして日付が変わるか変わらないかのところでかかってきたアキからの電話は、わたしの心を、さらに窮地《きゅうち》に追いやった。

『やばいやばいっ！　大ニュース!!』

　こんな時間にごめんね、なんて言葉をすっとばして、アキは早口で言った。

　その大ニュースとやらがよいことなのか悪いことなのか、興奮ぎみの声を聞いただけではわからなかった。やばいという言葉も、よい意味にも悪い意味にもとれる。

　けれど今回のやばいは、悪い意味のやばいだった。

　アキは、興奮し続けたまま話した。菜落さんが、学校のそばの道で車にはねられたこと。どこかの病院に搬送《はんそう》されたこと。どうやら命に別状はないけれど、意識が戻っていないこと。

　わたしは黙ったまま、アキの話を聞いていた。

　背中が寒かった。そんなことがあるものなのかと、信じられない気持ちだった。

　こんなに立て続けに悪いことが起こるなんて。ひどいいじめを受けて、学校を飛び出した先で、車にはねられるなんて。

『これ、クラスメイトの大半にはもう情報回ってるらしくてね。そんでさあ、みんな、ウワサしてるらしいよ』

「……ウワサ？」

『うん。わざと飛び出したんじゃないかって』

わざと。わたしは一瞬、言葉を失った。失って、唇を震わせ、スマホを握る手に力を込めた。

「……わざとって、それって……」

『うん。ほら、嶋田さんにいじめられてたじゃん？　それで、自殺図《はか》ったんじゃないかって』

——自殺。

その単語に胸を衝《つ》かれた。布団の中にいるのに、寒くて寒くてたまらなかった。朝に目撃してしまった光景が、まるで今見ているかのようにはっきりと思い出されて、わたしは慌ててかぶりを振った。

すっかり黙り込んでしまったわたしに、神妙《しんみょう》な声でアキは尋ねた。

『……ねえ、ところでさ。ハチは、大丈夫？』

大丈夫？が指すものはわかった。田岡のことだ。

アキはわたしが田岡を好きだと思い込んでいるから、好きな男子が目の前で暴力事件を起こしたことでわたしがショックを受けていないか、心配してくれたのだろう。

だから部活も休んだ。そう思っているのだろう。違うクラスの関わりがない
『田岡くんも、あれだよね！　正義感強すぎ!!　違うクラスの関わりがない女子、か
女子、かばっちゃうなんてさー！』

「……うん、そうだね」

　絞り出した声は、自分のものじゃないみたいだった。

　アキは知らない。わたしだけなんだ。ジュウエンムイチのお悩みを聞いたのも、田岡の、必死の形相を見たのも。

　アキの、ふわふわしたはちみつバターホットケーキの表情とは、真逆だった。鋭くて恐ろしくて、悔しさでいっぱいの表情だった。

　違うクラスの関わりがない女子、じゃない。田岡にとって、菜落さんはそうじゃない。

　だって、あれは。田岡のあの顔は。好きな人のための、特別な顔だった。

　目を閉じると異様な光景がすぐに浮かんできてしまうから、わたしはこの夜、一睡もできなかった。

　この夜だけじゃない。明くる日の土曜も、日曜も。ろくに眠れなくて、まどろみだけを繰り返して。

　そうして今日、週明けの月曜を迎えてしまった。

「このニュース、怖いわよねぇ。八子」

お母さんの声に、回想からグッと意識が引き戻される。考えが煮詰まっている上に寝不足なのも手伝って、動きを止めたままぼうっとしてしまっていた。

なんのことだろうとテレビに視線をやって、わたしの肝は瞬時に冷えた。

【十四歳女子中学生。いじめを苦に、飛び降り自殺】

目に飛び込んできたのは、画面に表示された、赤く目立つ文字だった。胃の奥から急になにかが込み上げてきて、わたしはサッとテレビから視線を逸らす。

「いじめを苦にって。誰か気づいてあげられなかったのかしら」

お母さんの声が、さらにわたしの胃を圧迫する。

大丈夫、と自分に言い聞かせる。大丈夫。このニュースはわたしには関係ない。

例え同じ十四歳だったとしても、知らない子が飛び降りた事件なんて、わたしには関係ない。わたしはなにも悪くない。関係、ないんだ。

なのに、どうしてこんなに息苦しいんだろう。どうしてこんなに胸が痛いんだろう。

白と黒のつぎはぎみたいになったトーストを見つめる。ギュッと目をつむり、お得意の海に潜る想像をしようと試みる。

ざぶん。海に潜って。誰の目も届かないところへ。深く深く深く。ずっと深く。

いつもならこれで現実逃避できるはずなのに、今日は息苦しいまま。どうあがいても、酸素が足りない。

正直、学校には行きたくなかった。

よっぽど仮病を使ってしまおうかと思った。それか行くふりをして、電車に乗って街に出てしまおうかとも考えた。

けれどサボる勇気なんてなく、わたしは結局いつもどおり制服を着て、重い足を引きずって学校へと向かった。


「死んじゃったほうが、楽だったのにねー!!」

教室に入った瞬間、耳に飛び込んできた高い声に、わたしはくるりとUターンをしたくなった。やっぱりサボればよかった、と後悔する。

死んじゃったほうが楽だった。主語がなくても、誰のことを指しているのかわかった。

声の主は、嶋田さんだった。教室のど真ん中を陣取って、机に座ってこれ見よがしに脚を組み、ケラケラと笑っている。

田岡に殴られたというのに、嶋田さんは少しも懲《こ》りていない様子だった。嶋田さんの顔には大げさなガーゼが貼り付けられていて、それはまるで、みんなの同情を集めるニセのように見えた。

「てか愛美、ほっぺた大丈夫ぅー？」

「痛そうー！　冷やしたほうがいいんじゃない？」

「せっかくかわいい顔なのに、傷残ったら大変じゃーん!!」

そのエサは、見事に功《こう》を奏《そう》していた。

嶋田さんの周りには、派手な尾びれをなびかせたたくさんの金魚たちが群がってい て、鼻にかかった作りものみたいな声たちが嶋田さんを悲劇《ひげき》のヒロインに仕立て上げ ている。

茶番劇《ちゃばんげき》を横目に見ながら、わたしは自分の席に着いた。どうしてだろう。たった数 日で体重が極端《きょくたん》に増えるはずもないのに、身体がいつもの倍くらい重たい。

授業が始まるまで、まだ時間があった。関係ない、関係ない。心で唱えて、耳にフ タをする想像をする。

見ざる言わざる聞かざる。なにも見ないふり、聞かないふりをして、大人しく席に 座っているしかない。それが一番だ。最善だ。

でも、無理だった。

「つーか田岡、女の子殴るとか、サイッテー」

「アイツも轢《ひ》かれちゃえばいいのに」

嫌味ったらしい声はフタをしたはずの耳に勝手に入り込み、わたしの頭に血をのぼらせて。

気がつくと、わたしはガタッと椅子を鳴らして、勢いよく立ち上がっていた。けれど、立ち上がっただけだ。嶋田さんに非難の視線を向けることはせず、わたしはそそくさと廊下に逃げる。息が荒くなり、心臓がドクドクと波打っていた。

「……はっ、」

……バカじゃ、ないの。

本当は吐き出してしまいたい言葉を呑み込んで、わたしは心の中で叫んだ。

バカじゃないの。バカじゃないの。嶋田さんの――アイツらの世界では、嶋田さんが絶対的な姫か女王で、田岡はものすごい悪役なんだ。菜落さんは、踏み潰してもいい虫かなにかなんだ。

バカじゃないの。狂ってる。わたしでももう少しマトモな脚本、書けるよ。

心を落ち着かせるために、廊下を歩く。けれど廊下なんて、せいぜい四十メートルほどで行き止まりだ。向きを変えて階段をのぼって、のぼったところで、たどり着くのは屋上。そこで終わり。空なんて、とうてい目指せない。

教室に戻りたくない。学校にいるのがしんどい。雑巾が飛んでいた、深緑色のバイキンだらけだった自習の時間よりもっと、もっと。

あんなヤツらの世界で息をひそめて、あんなヤツらから勝手な配役を与えられたくない。

そのくせ、あんなヤツらに立ち向かう勇気が、わたしにはない。戦うのは怖い。目をつけられるのは怖い。そんな自分が、嫌で嫌で仕方ない。

嫌いだ、こんな自分。

「……っ、」

声にならない息がこぼれた。

わたしは、傍観者だった。他人事で、ずっと見ているだけだった。なんかやだねぇ、なんていじめを眺めていた、傍観者。

最低なのはわたしも同じだ。見て見ぬふりをして、こんなところまで来てしまったわたしに、誰かを否定する資格なんてないんだ。

息苦しさを感じたまま、朝のホームルームが始まった。

教室に入ってきた先生は、神妙な顔で菜落さんの事故について軽く触れたものの、金曜日の事件に関してはなにも口にしなかった。

違和感しかなかった。先生たちに、あの事件はどんなふうに伝わっているのだろうか。もう解決済みということになってしまっているのだろうか。

先生の様子から見ても、悲劇のヒロインになりきっている嶋田さんから考えても、真実が伝わっていないであろうことは明白だった。

きっと都合よくねじ曲げられ、嶋田さんに都合のいいように書き換えられたのだ。おふざけだった、で済まされてしまったのだ。

机の下で、ちぎれんばかりに制服のスカートを握る。

このままだと、先生がいじめの事実を知ることはないのかもしれない。被害者である菜落さんは、もうここにはいない。病院で、意識不明で眠っている。

クラスメイトの誰かが密告すれば発覚するかもしれないけれど、そんなリスクを冒《おか》す人がいるわけがない。だって蛍光ピンクのシュシュが、鋭いセンサーとなって異端《いたん》者《しゃ》を見張っているから。次は誰を標的にしようかと、狙っているんだから。

はあ、と長く息を吐き出し、そして思う。田岡はどうしているだろうか。

きっとわたしなんかよりずっと、しんどい思いをしているに違いない。菜落さんの事故のことは、知っているだろうか。田岡はちゃんと、息を吸えているだろうか。

「田岡、今日学校休んでんだよ。無断で」

田岡が学校を休んでいるということを知ったのは、一時間目の終わりだった。住友くんがわたしたちのクラスに来て、教えてくれたのだ。

「連絡しても繋がらなくてさ。ったく、どうしてんだか」

住友くんの言葉に、わたしはさらに心配の気持ちを募らせた。散々、嫌になるほど目にしてきたはずの、田岡の笑顔が思い出せない。

わたしがどんな心境でいようと、時計の針は関係なく進んでいく。身体がどんどん重くなっていく中、二時間目が始まった。

二時間目は、英語の授業だった。鎌谷先生が、超音波のキンキン声で英文を読み上げている。うるさいのに、聞こえない。内容がなにも入ってこない。

見たくないのに蛍光ピンクのシュシュが嫌でも目に入り、そして嶋田さんがこそこそと手紙を回しているのに気づく。そこになにが書いてあるかなんて、想像したくもなかった。

「Was Ken busy yesterday?」

鎌谷先生のキンキン声の水面下、手紙は、何度も何度も往復している。嶋田さんがニヤニヤ笑っている。嶋田さん以外の女子たちも、同じ顔で笑っている。

何度舐めても唇が乾く。もう肺が限界に近づいている。事件の日から、ずっとまともに息ができていない。

黒板の文字を見つめる。英語の授業なのだから、書かれているのは英文だ。白いチョークの文字のはずだ。

なのにわたしの目には、朝のニュースで放送されていた【十四歳、飛び降り自殺】

の真っ赤な文字として映る。

抱え込むように頭を押さえた。いつか居眠りをしたせいでにじんでしまったノートの文字が、わたしを非難しているように見える。

必死で唱える。関係ない、関係ない、関係ない。

だって菜落さんは、ろくに会話もしないクラスメイトで。田岡だって塾が一緒なだけで。好きな男子とか、そういうのじゃなくて。

わたしは、もしかしたら、たまたま田岡の好きな女子を、知ってしまったかもしれないだけで。今までだってずっと、余計なことに首を突っ込まないようにしてきたじゃないか。

『ジュウエンムイチさんから――』

『隣のクラスの女子が気になっています――』

自殺。頭を離れない真っ赤な文字の上を、ラジオで放送された声が走っていく。

わたしには関係ない。関係ない。関係ない。繰り返す呪文の効力が切れていく。フラッシュバックのように、スカートの水たまりが頭を占める。

カエルのタマゴの形。脱げかけの靴下。飛び出していった田岡。それを突っ立って、見ていたわたし。

茶色いはずの机が赤黒く見えて、猛烈な吐き気が込み上げた。

ダメ。考えちゃ、ダメ。理性で抑え込もうとしても乱暴にせり上がってくる、この気持ちはなに？

騒がしい教室。ランランと光る瞳。高らかに笑っている、嶋田さんたち。目を攻撃する、蛍光ピンク。大げさな、白いガーゼ。授業中に回る、異常な数の手紙。

全部が気管をせき止める石となって、これ以上ない息苦しさがわたしを襲う。

違う、わたしは関係ない。関係ない。関係ない。

肺がキリキリと痛み始める。

関係ない。関係ない。関係ない。勉強する。勉強する。勉強する。

机の上に置いてある、教科書のページをめくる。

——死ねよ。

鮮やかな黒の文字が、その上に刻まれた気がした。

考えたくないのに、勝手に再生される。

思い出す。田岡がわたしに、歴史の教科書を借りにきた時のこと。

あの時田岡は一度、菜落さんの、イタズラされた教科書を見た。

どう思ったんだろう。その時まで、彼女がいじめられていると知らなかったのだろうか。

田岡はいつから、好きだった？　なんで、菜落さんを？　なんで。なんで。どうして。

うるさい、うるさい。わたしの、頭の中。ウイルスで腐《くさ》った、教室の中。

授業が終わり、中間休みに突入する。嶋田さんが、早速教室の中心に猿山を作る。

自分の席についたまま、わたしはゆらりと首をもたげて教室を見渡す。

同じ制服を着たクラスメイトたちは、それぞれ仲のいい子同士で集まって、会話をして、笑っている。いつもどおり。いつもよく見る光景。でも今、その光景は、わたしにとっては恐ろしいものでしかなかった。

……ねえ、なんで？　なんでみんな、笑ってるの？

寒くないのに身体が震える。

わたしがおかしいの？　なにも手につかずにいるわたしが。このクラスはおかしいと思う、わたしがおかしいの？

どうして笑えるの。どうして平気なの。ここにあるのは、最低なものだけなのに。

無責任な言葉。いじきたないウソ。やすいプライド。自分の胃袋を満たすためなら、誰かの血を根こそぎ吸い尽くす悪魔。

なんで笑ってんの。笑うな。気持ち悪い。

「……は、」

過呼吸三前の現象がおとずれて、口を押さえる。過呼吸になんてなったことはないけれど、それでもわかった。自分の身体も心も、限界なこと。

はやく、はやく、潜らないと。じゃないと息が吸えない。周りをシャットダウンして、必死で空想の海に浸かろうとする。

潜らないと。誰の手も声も、決して届かない深海へ。

わたしを沈める、低い声。沈めて、沈めて、海の、底へ、底……あれ。ダメだ。

だって海の底には、空気なんて、ないじゃない。

「田岡さぁー」

一番うるさいど真ん中に、嶋田さんの悪意の声が落ちる。

「もしかして、菜落のこと、ヤっちゃってたんじゃね？　アイツを好きにできるのは俺だけーみたいな？」

「独占欲《どくせんよく》？　ギャハハ、ウケるーっ」

「うっわキッモ！　死ねよ！」

もう、ダメ。

息が、できない。

その瞬間、わたしはとうとうブチ切れてしまった。

気がついたら、椅子と机をなぎ倒して、嶋田さんを突き飛ばして、その驚いた顔に向かって油性ペンを突き立てていた。

なんで油性ペンかって、多分そのへんに転がっていたからだ。ナイフじゃなくてよかった。じゃないとわたしは、犯罪者になっていたかもしれないから。

止まらなかった。こんな自分は知らなかった。

わたしにとっては、目の前の嶋田さんの存在こそがナイフだった。やりきれなかった。わたしたちを傷つけるナイフを、壊してしまいたかった。

ふつふつ、弱火で煮詰められていた怒りが一気に沸騰《ふっとう》して、勢いよく吹きこぼれる。

わたしは目をひんむいて、息荒く嶋田さんにこう言った。

「じゃあお前が死ねよ」

振りかざした油性ペン。

真っ二つに嶋田さんの顔を割った、新鮮な黒い線。

「死ねよ……っ！」

夏休み目前。雨の降りしきる今日この日。

こうしてわたしは、晴れて登校拒否《きょひ》児の仲間入りを果たしたのだった。

第六章　希望絶望の世界

後悔先に立たず。

終わったことは、後でいくら悔やんでも取り返しがつかないという意味の言葉。

いつ生まれた言葉なんだろう。

きっと、ずっと昔に誰かが作った言葉なんだろう。

昔の人が作った言葉を、今を生きるわたしたちは、性懲りもなくたどっている。

やめろって声は聞こえているのに、振り返らなくて。

急な山道を、わたしは登ってしまって。

ゴロゴロとうなるような音がして。自分の何倍も大きな岩が、坂の上から高速で転がってきて。

それはまさに、後悔先に立たずで。

わたしには、ぺちゃんこにされるという選択肢しか残っていないわけで。

その後の選択肢は、もう選べない。選べないけれど、もしわたしが決められるなら。

誰にも見つからずにスルメみたいに干からびて、腐って、土になりたい。

その上に花なんて、咲かなくていい。

「……八子。朝ご飯、ドアの前に置いてあるからね？　お母さん仕事行ってくるから。昼ご飯は冷蔵庫の中ね。夕方には帰るからね？」

ドアの外から、遠慮がちなお母さんの声が響く。

なにも答えずにしばらく息をひそめていると、ドアの前から気配が消え、一階に下りていく足音が聞こえた。

トントン、という軽い音。まな板の上でなにかを切るみたいな音。その音が完全に遠ざかってから、わたしは抑えていた呼吸を再開する。

ベッドからは動かない。ドアの外には出ない。朝ご飯は、食べたくない。

ドアも窓も長い間閉め切っているこの部屋には、古い空気の匂いが充満している。

カーテンもしっかりと閉じている。閉じているはずなのに、ほんのわずかなすき間から白い光が差し込んできて、わたしは眉根を寄せる。

まるで敏腕スナイパーみたいだ、と思う。犯罪者のわたしを、どこまでも追いかけてくる。

どうして太陽はのぼるんだろう。もし世界がずっと同じ明るさで、朝と夜の境目がなくなってしまえば、あれから何日経った、なんて日にちを数えてしまうこともなくなるのに。

「……まぶしい」

小さくつぶやいた。触れ合った上下の唇はパサついていて、死人のようだと思った。

学校へ行かなくなってから、三日が過ぎた。

わたしが暴動を起こした日。学校を飛び出して家に逃げ帰り、わたしが部屋にこもっている間に、担任の先生からお母さんに連絡が入ったらしい。

パートから帰ってきたお母さんは、とんでもなく青ざめた顔をしていた。

わたしの部屋にすごい勢いで飛び込んできて、『八子！　どういうこと⁉　答えなさいっ‼』と必死にわたしを揺さぶった。はなから、わたしを否定している態度だった。

だからわたしは対抗策として、枕を投げつけながら、人生で一度も吐いたことのない暴言シリーズのすべてを、お母さんに浴びせた。

うるさい。出ていけクソババア。ほっとけよ。うざい。消えろ。そのツラ二度と見せんな。

以上をとおして、最終的なお母さんの結論。

『中学二年生だから……〝中二病《ちゅうにびょう》〟ってやつよ。仕方ないわ』

そうお父さんに話しているのを、リビングの外で聞いた。

……バッカじゃないの。

その瞬間、お腹の底に飼っている小型爆弾が三つ四つ、一斉に弾けた気がした。

なにも知らないくせに。わたしのことなんて、なんにもわかろうとしないくせに。

チュウニビョウ。そんなんで片づけんなクソババア！

バタバタと二階に駆け上がって、クッションをドアに向かって投げた。これ以上なくはらわたが煮えくりかえっていて、はっきり覚えていないけれど、他にも硬いものを投げた気がする。すごい音がしたから。

その日から今日まで、お母さんとは極力顔を合わせないように生活している。お風呂に入るのも水を飲みに行くのも、タイミングを見計らって。あとは、自分の部屋に引きこもっている。

わたしとお母さんの仲は、日を追うごとに険悪になっているように思う。昨日までは部屋に入って声をかけてきたお母さんも、今日はとうとう、入ってこようともしなくなった。

昨日、わたしが顔面に向かって枕を投げたからかもしれない。自分が招いた結果だし、お母さんの顔なんて見たくもないと思っているはずなのに、なぜか見放されたような気がしてムシャクシャした。

「――ケホッ」

ツバをうまく飲み込めず、軽く咳き込む。

完全に水分不足だ。今度トイレに行った時に、キッチンからミネラルウォーターのペットボトルをくすねてきたほうがいいかもしれない。

部屋の中だけで生活していると、時の流れをずいぶん遅く感じる。嫌いな歴史の授業を受けている時が一番、時計の針が進まないと思っていたのに。

進まない。遅い。ならいっそ止まってしまえばいい。それでも布団の中で何回も、嫌になるほど何回も繰り返し寝返りを打っているうちに、時計の針は午前十一時を回っていた。

「……はあ」

時計を見つめて、わたしは濁《にご》ったため息をつく。

今はちょうど、三時間目の授業が行われている時間だ。授業風景を、そしてクラスメイトの面々を思い出し、わたしの顔は無意識のうちにぐにゃりと歪む。

考えまいと思っても、頭に浮かんでしまう。きっと今頃学校では、わたしに対する散々な悪口を言われているんだろうなって。

そして嶋田さんは、また悲劇のヒロインになりきっているのだろう。田岡とわたしに連続して襲撃《しゅうげき》された、かわいそうなオヒメサマ。

わたしの配役は、とおりすがりの村人Cから悪役ペンカッターに変更。ランクアップ。いや、ランクダウンだ。

イライラと虚しさが入り混じって湧き上がってきて、わたしは額に手の甲を当てる。

後悔はしていない。嶋田さんにはむかったこと。けれどもし今、あの場面に戻ったとしたら、わたしは同じことをするだろうか。

自分自身に問いかけてもわからなくて、あのままじっとやり過ごしていたら今頃は平和だったのかな、なんて。そんなことを考える自分が、すごく悔しくて腹立たしい。息を限界まで吐いてから、空気を吸い込む。もう何回目になるかわからない寝返りを打った時、部屋に飾ってある七月のカレンダーが目に入った。

二十一日のところを黄色いペンでギザギザと囲って目立たせていて、その中心には、【夏休みスタート!!】と張り切った文字が書いてある。

夏休みがもうじきでよかった。そう、心から思った。

このまま夏休みに入ってくれれば、とりあえず問題を先延ばしにできる。出席日数とかも、多分大丈夫だろう。部活は……もうダメだな。

マスを六つ進めて、二十七日のところに書き込まれているのは、【試合】の文字。サボリが続くと、実力がどうであれ確実に試合には出してもらえない。この夏の試合とはサヨナラだ。

自分の手のひらを、顔の前に広げてみる。バスケットボールのザラザラした感触が恋しい。もう何年も触っていないみたいに、ずうっと遠い。

光をできるだけ遮って作った、薄暗い部屋の中。水色のノートパソコンは、すっかり灰色に染まってしまったように見える。

習慣だったはずのラジオは、引きこもりを開始した日からずっと聴いていない。空想の海に潜っても空気を吸えないことに、気づいてしまったから。

今までは、一時間にも満たない夜のひと時を心待ちにしていた。ラジオでお兄さんの声を聴く時間だけ、現実から解放される気がしていた。逃がしてもらえる気がした。あの瞬間のためだけに生きていた。

今では、朝も昼も夜も、わたしは許可なく勝手に逃げ続けている。逃げるのはいいとしても、たどり着く場所がない。

逃げてばかりのわたしを、もう誰も、どこにも連れていってはくれないね。

カレンダーから視線を外すと、次はベッドの脇に置いてあるスマホが目に入った。充電器に繋ぎっぱなしの画面には、百パーセントの文字が表示されている。

ゆらりと、それを持ち上げる。今、わたしと外の世界を繋いでいるのは、手のひらに収まるこの一台だけだった。

自分から発信することはない。もちろん、SNSやカラフルなブログも見ていない。受信だけ。アキから毎日、メッセージが届く。電話もかかってくる。

けれどわたしは、そのメッセージを開くことも、電話に出ることもしていなかった。だってもし電話に出て、『大ニュース!!』って、菜落さんの事故を知らせる時のような興奮をはらんだ声が、耳に飛び込んできたら。それを想像するだけで、ゾッとするのだ。

アキはきっと、なんだかんだで楽しいだけだ。アキの脳内にいるのは、田岡を好きなわたし。自分と同じにしたいがために、作られたわたし。

アキは絶対に、田岡の悪口を言われたのが許せなくてわたしが嶋田さんを突きとばしたんだって、そう思っている。

興味があるだけのくせに、面白い情報を知りたいだけのくせに、メッセージにすると『大丈夫？　心配だよ』になる。

バカじゃないの、バカじゃないの。みんな大バカ。なのに、しっかり充電してしまうわたしも、最強のバカ。

捨ててしまいたいのに捨てられない。嫌いなのに捨てられない。本当にひとりぼっちになってしまうのが怖い、臆病者。

充電が満タンのスマホをにらみつける。ちょうどその時、画面にパッと新着メッセージが表示された。

「……っ！」

驚いたわたしは、はずみでスマホを落としてしまう。

びっくりした。アキからだろうか。でも今は、授業中のはずなのに。

おそるおそる、ベッドに伏せったそれを拾い上げる。四角く光る画面には、メッセージの一部が表示されている。

【田岡です】

文章の始まりにあった名前を見た瞬間、ここ数日ずっと丸まっていた背筋が、初めてスッと伸びた。

「……田岡？」

乾いた声がこぼれる。なんで、と思った。だってわたしは田岡に、IDを教えていないのに。

戸惑いながらも内容が気になって、わたしは画面をタップする。アプリが立ち上がり、メッセージの全貌《ぜんぼう》が現れた。

【田岡です。ごめん、勝手にスミにID聞いた。今日の塾、出てこれる？　俺も行く。終わった後、前に花火した公園で少し話そう】

……外の空気って、こんなにも居心地の悪いものだったっけ。

この日の夕方。三日ぶりに家の外に出たわたしは、まるで異国の地をさまよっているかのような心境で、アスファルトの歩道を歩いていた。

よく見知っている道なのに、どうしても落ち着かない。踏み出す一歩一歩がとてつもなく重い。

目に見えない鉄下駄でも履かされているみたいだ。もちろん、実際にわたしの足を包んでいるのは鉄下駄なんかじゃなく、履き込んで黒ずんだスニーカーなのだけれど。足にはスニーカー。そして手にぶら下がっているのは、塾の用意を詰め込んだカバンだ。

【今日の塾、出てこれる？　終わった後、前に花火した公園で少し話そう】

数時間前に届いた、田岡からのメッセージ。

スマホの画面を眺めては消し、メッセージを目で追っては息をついて散々悩んだ末、わたしはとうとう、塾に行く決心を固めた。そして今、こうして松尾塾に向かって歩みを進めている。

決心を固めた……といっても、正直なところ、学校の人たちに会うのは怖い。塾生の子たちは直接嶋田さんのグループに関わりはないけれど、それでもきっと、好奇の目を向けてくるに決まっているから。

怖い。でもその怖さより、田岡に会いたいという気持ちのほうが、自分の中で勝っていた。

嶋田さんを殴ったあの場面以降、わたしの中の田岡は更新されていない。

目に焼き付いている。殺すのではないかと思うほどの、鋭い表情。

ずっと心配だった。田岡に限ってそんなことはないだろうけれど、変な気を起こしていないかって。

田岡の顔を見て安心したかった。……それからもうひとつ。

今この状況を共有できるのは、田岡しかいないから。

田岡はわたしの、唯一の同志だ。目の前で起こっていることに耐えられなくて暴動を起こした同志。他の誰ともわかち合えない。

田岡からされるのがどんな話かはわからないけれど、田岡に会えば、今のどうしようもない現状を少しでも打開できる気がした。

気持ちを奮い立たせ、足を動かしながら思う。本当におかしい。少し前まではうっとうしいとすら思っていた男子なのに、今や心を許せるたったひとりの存在だなんて。

……田岡に会いたい。

自分でも知らないうちに、わたしは田岡に、強い仲間意識を抱くようになっていた。


家でも道中でも、心の準備は十分にしてきたつもりだった。

何度も言い聞かせた。なにがあってもスルーすればいい。大丈夫、大丈夫。

「うおっ！　三橋じゃん！」

そう心に念じていたけれど、塾に入った瞬間に発された好奇の声に、わたしの身体は少し怯んでしまった。

「おお、まじだ」

「塾には来るんだ」

聞こえてくるざわめきに負けまいと、グッとうつむいて靴を脱ぐ。強硬な態度で自分の席に着いたわたしに、「なんかこえー」と嘲笑《あざわら》ったような言葉が飛んでくる。

男子が冷やかしてくる一方で、いつもなら「八子ちゃーん！」と話しかけてくる女子たちは、今日はよそよそしく、わたしと目を合わせようともしなかった。

その態度から、ああ、やっぱり学校でわたしはとんでもない悪者扱いされているんだな、とわかってしまい、胸が痛くなる。

覚悟はしていたけれど、関わりたくないという態度を明確に示されるのは、やっぱりキツいものがあった。心がチリチリと、鉛筆削りに入れられてしまったかのように削られていく。

やっぱり部屋に引きこもっていればよかった。そんな後悔がひたひたと押し寄せてきた時、ガチャリ。塾の扉が開いて、Tシャツにチノパン姿の田岡が入ってきた。

……田岡。

ドキッと大きく心臓が跳ねる。緊張だけでなく、お腹の辺りが安堵であたたかくなる感覚が、いっしょくたに訪れる。

「うおっ、田岡じゃん！」

さっきわたしに好奇の声を飛ばしてきた男子が、まったく同じ声を、今度は田岡に飛ばした。

「田岡っ！　お前、どういう――」

「ノーコメント」

冗談めかした田岡の声が、男子の言葉を遮った。ニッと笑って、田岡は言う。

「今日俺、なんもしゃべんねーから。今日は勉強しにきただけだから」

笑っているのに、その顔と声には有無を言わせない迫力があって、教室内がシンと静まり返った。

静かな空気の中。わたしのようにうつむいたりせず、まっすぐ前を向いて自分の席へと歩いて行く田岡。

田岡が、席に着く。その堂々とした振る舞いに鼓舞《こぶ》されて、わたしは丸まった背筋をぐっと伸ばした。

今日はしゃべらない、という宣言どおり、田岡はひとこともしゃべらないまま、塾が終了した。

松尾先生は、そんな田岡に何度も不思議そうな視線を送っていた。

そりゃあ、呼吸をするようにしゃべっていた田岡が別人になったように大人しいのだから、変に思うのも当然だろう。けれど空気を読んで、「どうしたの田岡くん？」

と尋ねるようなことはしなかった。

「じゃーなー」

「おー、バイバイ」

ひとり、またひとりと教室内の人数が減っていく。

わたしはまだ、席に座っていた。いつもならテキパキ片づけをしていの一番に塾を後にするけれど、今日はできるだけ、ゆっくり動くことを意識していた。

わざと一本一本、手間をかけて筆箱にペンを戻して。まとめずに一冊一冊、テキストをカバンにしまって。

そうしているうちに塾には誰もいなくなり、わたしはふうと息を吐いて、壁にかかっている時計を見上げた。

午後九時十二分。

あの召集メッセージが本物なら、田岡はもう公園で待っているはずだ。

緊張に臓器を押し上げられながら、黒ずんだスニーカーを履いて塾を出る。

すっかり暗く染まった空気の中を、歩き出す。緊張しているせいだろうか。靴底はアスファルトの地面にしっかり接地しているはずなのに、まるで雲の上を歩いているかのようにぐらぐら、心許《もと》ない。

はやる鼓動を必死で抑えながら歩いていくと、約束の公園が見えてきた。

明るい花火の印象が残っていたせいか、今日の公園はわたしの目に、妙に暗く不気味に映った。

――ジャリ。

砂地に、足を踏み入れる。

ジャリ、ジャリ、ジャリ。控え目に音を立てて公園内に侵入していきながら、わたしは勇気を出して、顔を上げた。

不安な気持ちが強かった。田岡は本当にいるだろうか。あのメッセージが、他の誰かからのイタズラだったらどうしよう。そんな心配が、今さらになって生まれてきて。

「……っ、」

そして目に映り込んだものに、わたしはホッと、息の固まりをこぼした。

ホッ、だけじゃない。ドキリと心臓が動いた。

見つけた。ブランコに、少し背骨を丸めた人影。短い髪。高い鼻。愛嬌のあるタレ目。田岡だった。あのメッセージはちゃんと、田岡が送ったものだった。

「……た、田岡っ！」

呼びかけたら、声が引っくり返ってしまった。かぁっと、喉の奥が熱くなる。

かなり恥ずかしい。最近、あまり口を動かす機会がなかったからだ。でも顔が赤くなっていても、夜の黒に隠れているからバレないはず。

わたしの呼びかけに、田岡が顔を上げる。その顔は、わたしを見つけてほころんだ。

「……三橋」

暗かったけれど、それはわかった。

「来た。よかった」

ブランコのところまで歩いていったわたしに、田岡が息を吐き出しながらそう言った。

「……別に、来ないとか言ってないし」

わたしも安心して嬉しかったのに、素直になれずに、いつものツンケンした物言いをしてしまう。

「返信ねーんだもん。塾自体来ねーかもって、思ってた」

「……来るよ。月謝《げっしゃ》、払ってんだし」

「はは、そだな。親、平気？　時間に厳しいんだろ？」

「ん、大丈夫」

とても変な感じだ。みんながいる塾ではひとことも話さなかったのに、ふたりきりになると、こうやって話すんだから。

今目の前にいる田岡は、いつもよりずっと声のトーンが落ち着いている。でもそれは、逆にわたしを落ち着かなくさせていた。

自然な感じを意識しながら、田岡の隣のブランコに腰を下ろす。揺れる、不安定な座面。わたしの今の気持ちと、同じだ。

ブランコに乗るなんて、ずいぶん久しぶりだった。前に乗ったのはいつだったか、記憶にすらない。小学生の頃は、よく引っくり返りそうなほど限界まで漕いで、靴飛ばしなんかをしていたけれど。

飛ばした靴が引っくり返っていたら明日は雨で、そのまま表を向いていたら晴れ。雨だったら、晴れになるまで何回も繰り返した。

繰り返すことが許されていた、無知で無邪気だったあの頃。

「……あのさ」

心臓のドクドクを抑えるために幼い頃の空想にふけっていたら、ポツリと田岡の声が落とされた。

「……嶋田。殴ったって、聞いた」

じっとしていられなくて、ブランコを揺らす。キィ、と錆《さ》びた鎖の音がする。

口を開いて、息を吸った。また声が引っくり返らないように、今度はちゃんと喉の準備を整えてから、言葉を紡《つむ》ぐ。

「……殴っては、ないよ。突き飛ばして……油性ペンで、顔に線は引いたけど」

「ははっ、すげぇな」

田岡が、息を漏らすように笑った。ここで四人で花火をした時の笑い声とは、違うものだった。

あの時の大きな笑い声は打ち上げ花火で、今のは儚《はかな》い線香花火。そんなふうに感じた。

田岡、わたし、アキ、住友くん。四人で風よけしながら線香花火にいそしんだ日のことを、もうずいぶん昔のことのように感じてしまう。

大切に守られた、濃いオレンジの四つの玉は、もうここにはない。

「三橋、さ。今、学校行ってないって?」

同じくブランコを軽く漕ぎながら、田岡はわたしに聞いた。

隣り合って揺れるブランコ。微妙にズレたタイミングで、ふた組の脚が伸びたり縮んだりする。

「……うん」

「俺も行ってないんだけどな。引きこもり。やばいな、夏なのに色白んなるな。俺ら」

「はは……だね」

全然笑える状況じゃないけれど、乾いた笑いをこぼす。

ほんの少し緩んだ空気の中で、ブランコの鎖から右手を離し、手の甲を見つめてみる。暗いから、白いか黒いかはわからない。

自分の手から、すぐ隣にある田岡の手に視線を移す。わたしの手よりずっと、田岡の手はゴツゴツしていて、腱が太く浮き出ている。

男子と女子の手はつくりが違う。前にも同じことを思った。

ああ、そうだ。アキのブログに載っていた、アイスデートの写真を見た時だっけ。

「……学校、行ってさ」

少し間を置いた後、響きのよいテノールの声が落ちた。

空気が振動する。田岡が、落ち着いたトーンの、田岡じゃない声で話し出す。

「そしたら多分……俺、嶋田に謝らないといけねーんだよな。お前のクラスのヤツらにも、笑いかけなきゃいけねーんだよな」

わかってるんだ、と田岡は納得のいかない顔で続けた。

「多分、きっと、できると思う。内心ふざけんなって思ってても、偽って、いつもみたいに笑って。でも……そうしちまったら、きっと俺、自分のこと嫌いになる」

「……っ、」

「そう思ったら、朝、靴……履けなかった」

靴底が地面に触れて、ズリリ、と摩擦《まさつ》の音がした。

わたしも一緒だ。田岡と一緒だ。嶋田さんの仕返しが怖いというのはもちろんあるけれど、心の中でバカみたい、バカじゃないのって思いながらヘラヘラ笑うのは、もう疲れた。そんな自分が、大嫌いだった。

　わたしも運動靴、履けないや。

「……ヒマだね、わたしたち」

「よっ、ヒマ人」

「アンタもだよ」

「ははっ、だなぁ」

　田岡の軽めの笑い声が、暗闇に響く。

　わたしも、笑って。重ねて笑って。ふたりとも笑ってから、声が、やんで。

「……俺、な」

　静かになったところに、田岡が緊張した声を落として。

　田岡の顔がだんだん、真剣になっていって。ふざけた表情は、一ミリもなくなって。

「……俺」

「……うん」

　そして田岡は、言った。

「……俺、さ。菜落のこと、好きなんだ」

　……うん。……うん。

　うんって、思った。何度も思った。

うん、田岡。わたし、知ってたよ。わかってたよ。

胸の奥が苦しくなる。じわあと、込み上げてくるもの。にじんでくるもの。いっぱいになる。

驚かなかった。少し話そうって、田岡のそのメッセージを見た時から、わたしは心のどこかで予感していたのかもしれない。

菜落さんの話をされるんじゃないかって。彼女が好きだと、告げられるんじゃないかって。

田岡はべつに、言わなくてもよかった。あの現場に一緒にいたからって、わたしに伝える義務なんてなかった。

でも、言わずにはいられなかったんだ。そのまっすぐな気持ちをひとりで抱えこんでおくことが、できなかったんだ。

ジュウエンムイチは、田岡だった。田岡が好きなのは、菜落ミノリだった。

少し前までは、それが証明できたら、もっと清々しい気持ちになるかと思っていた。でも、そうじゃなかった。清々しい、とはちっとも似ていない。この気持ちの名前を、わたしは知らなかった。

喉元まで込み上げる青。ねえ、切ないって、こういうこと？

「……田岡は」

わたしの口から、声がこぼれる。

「田岡はどうして……菜落さんを、好きになったの？」

自分でも聞いたことのないような、青い色をした声がこぼれる。

田岡と、数秒目を合わせた。公園には頼りない明かりを灯している電灯があって、その光は全部、田岡の瞳に吸い込まれている。

「……ちょっと長くなるけど、聞いてくれるか？」

緊張を残したままの声で、田岡は続けた。

声を出さずに、深くうなずく。田岡がすうっと、呼吸を整える音が聞こえる。

「……知ってるかも、しんねーけど」

そんな前置きをして、田岡は語り始めた。

「俺……春休みにさ。事故に遭ったんだ」

＊＊＊

それは、春休みに入って本当にすぐのことだった。

コンビニにアイスでも買いに行くかと自転車を走らせていて、俺は十字路のところで、スピードを出したままの大型車に跳ねられた。

ものすごい衝撃だった。人生で初めて味わう吹っ飛ばされる感覚の後、地面に叩きつけられて、強烈な痛みが身体に走った。

車は止まることができずに、地面で潰れている俺の上をさらに走った。

ぶちりと、なにかがちぎれるような音がした。ゴリゴリと削れるような音もした。どちらも嫌な音だった。

「う……」

かろうじて、意識はあった。道路に横たわり丸まった状態で薄く目を開くと、とんでもないことになった自分の足が見えた。

変な方向に曲がって、皮膚が破れ、肉がそげ、骨が露出した足。とめどなく血があふれて、辺りに赤い海を作っていた。

テレビでは絶対に放送できない映像。グロテスク以外のなにものでもない、信じられない映像だった。

そこからの記憶はあまりない。というか、多量に出血したせいで意識が飛んでしまったらしい。

気がついたら、病院にいた。勝手に手術が施《ほどこ》されていて、俺はたくさんの管《くだ》に繋がれた状態で目を覚ました。

目覚めた時は麻酔が効いていたし、ぼんやりしていたから痛みはなかった。けれどそれが切れてから俺を待っていたのは、地獄だった。

本当に地獄。身体のいたるところを、焼けるような痛みが襲った。心臓、肝臓、血管その他全部、シャッフルされて場所を取り違えられたような感じだった。

地獄の底から響いてくるようなうめき声が、口から漏れた。本当に痛いと黙っていられないのだと、俺はこの時初めて知った。

全身を負傷していたけれど、とくに右足の損傷はひどかった。激しく痛むのはもちろん、感覚がおかしかった。まるで自分の足でないような、脳からの命令がうまく伝わっていないような感じだった。

俺の身体は、大丈夫なんだろうか。猛烈な不安に襲われた。

痛み止めなんて気休めだった。病室のゴミ箱で、何度も吐いた。目をつむると必ず、事故の夢を見るからだ。

変な方向に曲がり、肉を失い、骨を露出させた真っ赤な光景。夢の中の俺は足だけでなく、全身がグチャグチャで血まみれだった。皮膚の表と裏が入れ替わったかのように。とんでもないホラーだ。

担当医師から話があったのは、俺の身体、精神状態がともに少し落ち着いてからだった。

医師は説明した。施した手術内容について。俺の身体の現状について。しびれや痛みは多少残るかもしれないが、リハビリをがんばればすぐに歩けるようにはなるということ。普通に運動できるようになるということ。

痛みは〝多少〟残る。歩けるように〝は〟なる。〝普通に〟運動できるようになる。

医師の言葉の節々が気になって、俺は尋ねた。

「……野球、続けられますか」

最初に出てきたのがどうしてこの質問だったかって、多分、それだけ俺にとって重要なことだったからだと思う。

俺は昔から、野球が好きだった。小学一年生の時からリトルリーグに入り、仲間とともに切磋琢磨《せっさたくま》してきた。

中学は学校の野球部ではなく、硬球を扱う本格的なシニアリーグに進むか本当に迷ったくらいだ。シニアのチームの練習場が家から通える範囲でなかったから、結局断念したのだけれど。

入部した中学の野球部では常にレギュラー入りで、俺は不動のエースだった。

自分でも、けっこううまいという自負があった。自信があった。高校は、野球の名門校に進学するのがひそかな夢だった。野球はずっと、俺の一部だった。

俺の質問に、医師は目を見開いた。返ってきたのは、渋く重い声だった。

「野球を続けることは……正直難しいと思う。田岡くんの足は、もう連続した負荷には耐えられない」

その言葉を聞いた瞬間、目の前が真っ暗になった。

未来が全部、そこでスパーンと切り落とされたような気がした。

もちろん、プロ野球選手になれるなんて思っていたわけではない。目指すつもりもなかった。野球がすべてじゃない。あんなひどい事故で、命が助かっただけで十分なのかもしれない。でも。でも――。

身体の中身が、突然すっぽ抜けたみたいだった。分裂したみたいだった。キラキラしていた自分と、ヘラヘラ笑うしか能がなくなった自分。もう取り戻せないほど、遠い。

俺は元々能天気な性格をしていて、嫌なことがあっても一晩眠ればすぐ忘れるし、切り替えだって早いタイプだ。けれど今回ばかりは、切り替えとかそういうレベルの話じゃなかった。

ひどく落ち込んだ上に、毎夜見続ける悪夢。

しんどかった。精神がすり減っていった。

でも、精神と肉体は別物だ。心は置いてけぼりになっていても身体のほうはみるみるうちに回復していって、四月半ばには松葉杖を使えば歩けるレベルになった。

きっと、医師が言ったように〝普通に〟運動できるようにはなるのだろう。

そうこうしているうちに、退院の日を迎えた。新学期が始まってから、もう半月以上経っている。浦島太郎にでもなってしまった気分だ。

先生や友達からの連絡によると、俺のクラスは二年一組らしかった。そう聞いても、自分が二年生になった自覚はまだ芽生えなかった。

学校に行くのは、正直複雑だった。

嘔吐は治まったものの、未だに悪夢は続いている。気持ちは十分に回復していない。

それに学校に行くということは、すなわち退部届を出しに行くということだ。

野球部を辞めなければならない。自分で自分に、終了の烙印《らくいん》を押しに行くのはキツかった。


……前みたいに、笑えんのかな。俺。

四月後半の、俺にとっては初めての登校日。家の玄関で靴を履きながら、俺はそんなことを考えていた。

学校ではいつも、ふざけてばかりいた。アホなことしか言っていなかった。そういう性格だ。俺はそういう人間だったはずだ。なのに今は、ふざけた自分を演じられるかどうかなんて考えている。

事故に遭って、わかった。思っていたほど、自分はお気楽で前向きな人間じゃなかったということに。

俺は自分を、ずっと打たれ強いと思ってきたけれど、そうじゃなかった。野球が人よりできて、友達に囲まれていて、普通に学校生活を送っていて。そんな平和な環境だったから、強くいられたんだ。

本当は強くなんかなかった。俺は弱くてしょうもない人間だった。完全に自信を、喪失していた。

「おーっ、田岡！　久しぶりーっ！」

それでも学校に着き、昇降口で友達から声をかけられた時、俺の顔は条件反射でへらりとした笑みを浮かべていた。

笑わないと、と思った。だって俺、田岡だし。うるさくてお調子モンの田岡だし。暗いところとか、見せらんねーだろ。

「うおっ！　田岡！」

「生還したんかよー」

俺の周りには、あっという間に人だかりができた。「うわ、集まってくんの野郎ばっかかよ」ってうんざりした顔をしたら、ゲシゲシ小突かれた。前まではよくやっていたノリなのに、小突かれる自分の身体をどこか遠く感じた。

「なあなあ、事故ってどんな感じだったん？」

友達のひとりが聞いてきた。とたんに周りの目が、好奇心でランランと光った。面白いものを期待している目だった。ヘラヘラしたまま、俺は言った。

「いや、やばいぞ。自転車がさぁ、バキィッて折りたたみになっちまったんだよー」

まず口にしたのは、自分のことじゃなく、使い物にならなくなった自転車のことだった。

目のランラン、が強くなる。俺は、みんなの期待に添えるように話した。

「すっげー勢いで跳ね飛ばされてさ。吹っ飛んだ時、落ちて行く景色がまじでスローモーションだったんだよ！　すごくね？　んで、跳ね飛ばされただけで悲惨なのに、さらに二重で轢かれてさぁ」

面白おかしく語った体験談に、友達たちはケラケラ笑った。

「まじかよ、悲惨すぎるだろ」「やべぇ田岡。そんなひどいことになったのに生きてるとか、不死身かよ」「案外、事故ったほうが頭打って賢くなったんじゃね？」

わかっている。冗談だ。俺がふざけて話すから、返ってくる冗談。でもその心ない冗談が、がしがしと俺の内側をえぐっていく。はたから見れば、みんなに囲まれた俺は人気者のようかもしれないけれど、実際は道化《どうけ》。ピエロみたいだ。

……なあ、ホントは、笑いごとじゃねーんだよ。

内側をえぐられながら、そう思った。

やべえ、で済む話じゃねーよ。不死身ってなんだよ。死にかけたっつーの。事故ったほうがよかったんじゃね？はないだろ。言っていいことと悪いことがあんだろ。

内心ではそんなふうに思っているのに、俺は笑いながら言った。

「野球、もうできねーわー」

一番つらいと思っていることを、ヘラヘラ、笑いながら言った。

「これはアレだな。野郎にまみれて汗かいてないで彼女でも作りなさいっていう、神様からのお達しだな」

「ぶっは！　田岡切り替えはえー！」

「女好きかよ！」

ゲラゲラ、ヒャッヒャア。笑い声が俺を囲う。なんで笑ってんだよ、と思うけれど、本当にその言葉を向けるべきなのは自分だ。

なんで俺、笑ってんだよ。ヘラヘラしてんだよ。バカじゃねーの。つらいくせに。しんどいくせに。笑え。笑うな。どっちだよ。頭ん中ぐちゃぐちゃだよ。……死にてえ。

笑いながら身体の横で拳を固めていた、その時だった。

ふ、と顔を上げた先。ゲラゲラ、ヒャッヒャアの声の向こうに、ひとりの女子が立っているのを見つけた。

見た目を気にしてスカート丈を短くしている女子がほとんどの中、珍しく校則オールクリアの真面目な女子。菜落ミノリだ。

クラスが一緒になったことはないけれど、存在は知っていた。テストのたびに廊下に貼り出される成績優良者の紙に、いつも名前が載っているから。

その菜落と、目が合った。瞬間、俺はちょっと泣きそうになった。

だって。

「――っ」

だって菜落が、笑っていなかったから。

まっすぐに俺を見て、泣き出しそうに眉を下げて、すごくつらそうな顔をしてくれていたから。

……なんだろうな。なんだろう。わかんねーけど。

たったそれだけのことで、俺はその瞬間、すごく救われた気がしたんだ。

所詮《しょせん》他人事。笑い話。そんな中で、菜落だけが俺の心に寄り添ってくれた気がした。

菜落だけが唯一、本当の俺を見つけてくれた気がした。

暗いのは俺のキャラじゃない。弱いところは見せたくない。でも。

本当は泣いている自分を、俺はずっと、誰かに見つけてほしかったんだ。

それからというもの、俺は菜落のことが気になって仕方なくなった。

自然と目で追ってしまって、たくさん人がいる中でも、すぐに菜落を見つけられるようになってしまって。そうしたら、菜落のいいところがどんどん見えてきた。

いつもピンと背筋が伸びているところとか、口をだらしなく開けたりせず、どんな時もちゃんと閉じているところとか。座る時、スカートのヒダを丁寧に整えてから座るところとか。

菜落は、仕草がとてもきれいだ。編まれた長い髪も、ツヤツヤしていてすごくきれいだ。性格のよさって、髪に表れんのかな。そんなバカなことを思ったりして。

校則をきちんと守っているヒザ下丈のスカートも、神聖なものに見えたりして。

菜落と話してみたい。目で追うだけじゃなくて、向き合って。俺はしだいに、そう思うようになっていった。

はっきりわからないけれど、菜落はその他大勢の女子とは違う気がした。

菜落はどんな声をしているんだろう。どんなことが好きなんだろう。

俺の名前は、知っているだろうか。

話したい。もっと知りたい。けれど菜落と俺はクラスが違うから、話す機会なんてそうそう生まれるものではなかった。

でも機会は、ある日突然やってきた。

「……あ」

放課後。提出物未提出で職員室に呼び出しをくらってから、ひとりで昇降口に向かった時。俺は、ばったり菜落に遭遇した。

菜落はちょうど靴を履き替えているところで、昇降口には他に誰もいなかった。

うお、と思った。目玉と心臓が、同時に飛び出そうになった。

ずっと話したいと思っていたのに、絶好の機会なのに、いざ目の前にするとかなり動揺してしまって。

早くなにか言わねーと。

焦った俺は、右手を挙げ、「よ、よう！」とよくわからない挨拶をしてしまった。

菜落の目が丸くなる。俺は心の中で、アホか、と自分にツッコんだ。

よう！ってなんだよ。ボリュームデカいし、しかも噛んだし。だせえ。

気まずさと恥ずかしさが込み上げる。出だしからすでに最悪なのに、それからの俺はもっと散々だった。

下駄箱で運動靴に履き替えているんだから、帰ろうとしているのは当たり前なのに、「今帰り？」なんて聞いてしまうし。「さっきまで職員室に呼び出しくらっててさ」なんて、マイナスなことをわざわざ自分から公表してしまうし。

しゃべればしゃべるほど、ダサくなる。しゃべりは得意分野のはずなのに、動揺は一向に治まらない。そんな自分に、さらに焦っていた時だった。

「——田岡くん」

鈴音の声が、俺の名を呼んだ。

ハッと息を止めて、目を見開く。俺の目いっぱいに映る菜落が、少し緊張した面持ちで、俺に尋ねる。

「その……もう、大丈夫？」

「……へっ？」

「あ……えっと、ケガの、こととか……」

視線を戸惑わせ、たくさんまばたきをしながらそう言った菜落。

退院明け、久々に登校したあの朝の光景が。俺に向けられた菜落の泣きそうな顔が鮮やかに蘇り、俺の心は少し震えた。

喉が熱くなり、俺はただ、大きくうなずいた。そんな俺を見て、菜落は「そっか」とやわらかく口元を緩めた。

「えっと……じゃあ……」

「な……菜落っ！」

ぺこりと軽く頭を下げて去っていこうとする菜落を、思わず呼び止めていた。まだもう少し話したかった。もう少しだけ。

でもなにを話せばいいかなんて、すぐに浮かんでこなくて。

「ば、ばいばい……っ！」

大きすぎる声で、必死で言った。余裕のない俺に、菜落は再び目を丸くして。そして。

「――うん。ばいばい」

笑って、そう言った。菜落の笑った顔を、俺はその時初めて見た。

嬉しかった。少し話せただけなのに、なにかものすごいことを達成できたような気がして。誰かに自慢したいような気持ちになって。

菜落としゃべることができたこの日の夜、俺は例の真っ赤な悪夢を見なかった。代わりに見たのは、笑っている菜落の夢だった。赤くなんかない、青空とひまわりと、そのはざまで菜落が笑う夢。

菜落の存在は、いつの間にか俺の中で、ものすごく大きな支えになっていた。

今にして思えば、この時にはもう好きになっていたのかもしれない。それは、俺にとっての初恋だった。

そんなある日のことだった。

「うわっ、やべ」

歴史の教科書を忘れたことに気づいた俺は、隣の二組に借りに行くことにした。

意識的に菜落の席を見ないようにしていたら、ちょうど教室の奥にぼうっと座っている三橋の姿を見つけた。

三橋なら、借りるのにちょうどいい。そう思った。野郎どもに借りたらジュースを奢《おご》れだのなんだの言ってくるかもしれないけれど、三橋ならきっと、なにも言わずに貸してくれるだろう。

声をかけようと近づき、三橋の前に立った時だった。

「ひっ!?」

三橋はまるでバケモノにでも遭遇したかのように驚いて、激しく椅子から落ちた。

芸人顔負けのリアクションの大きさに驚いた。三橋は、どちらかというといつも反応が薄いヤツなのに。

「大丈夫かよ？　三橋」

床に尻もちをついている三橋の腕を掴み、引き上げて助け起こす。

それから教科書を貸してもらえるように頼むと、三橋は意外にも、なぜかものすごく渋った。

しまいには、「……他に借りれる女子、いないの？」なんて言う始末。

なんだよ、と不服に思いながら、俺は仕方なく辺りを見回した。

ここ最近、菜落をすぐに見つけられるようになってしまっている俺の目は、勝手に一番に菜落の姿をとらえる。

背筋の伸びた後ろ姿。ふっと嬉しくなって、けれど次の瞬間、俺の心は一瞬で冷えた。

──死ねよ。

菜落の教科書に、そんな落書きがしてあるのが見えたのだ。それだけじゃない。教科書がボロボロに破かれている。

は？と思った。わけがわからなかった。でもその場でいきなり菜落に近づいていって、これはなんだと聞くわけにはいかなくて。

その場では混乱をなんとか押さえ込んで、俺は別のヤツに教科書を借りた。

「あー。菜落、いじめられてんだよ」

後から二組のヤツに尋ねると、信じられない答えが返ってきた。

なんでも、嶋田愛美の逆恨みから発展したものらしい。数学の授業で、自分が答えられなかった問題を菜落が答えたから。たったそれだけのことで。

ふざけんなよ、と思った。すぐに嶋田をぶっ飛ばしに行きたくなった。菜落、なんも悪くねーだろうが。信じられなくて、怒りに身体が震えた。

けれど俺はまた、その感情を必死でおさえた。男の俺が首を突っ込んだら、余計に悪化するかもしれないと思ったからだ。よかれと思って止めに入って、菜落がさらに悪い立場に追いやられることだけは避けたい。余計に長引かせることになるかもしれない。

いじめなんて、きっと一時のものだろう。嶋田はすぐに飽きるだろう。だって菜落はなにも、悪いことをしていないんだから。

そう思っていた、矢先のことだった。

あの事件が、起こったのは。

＊＊＊

「……知ってたのに、止められなかった」

水分を失った、かすれた声で田岡は言った。

悔しい。口にしてはいないのに、そう聞こえた。こんなに悔しさがにじんだ声を、わたしは今まで、聞いたことがなかった。

「俺が入るべきじゃない、なんて。そんなことあるはずなかったんだ」

堰《せき》を切ったように、田岡は続ける。

「入るべきだったんだ。菜落がつらい思いしてんのに。必死で、ひとりで耐えてんのに。誰にどう思われようが割って入って、守ればよかった。菜落をかばえばよかった。やめろよって言うべきだった。それが一番、優先すべきことだったのに……っ」

俺、バカだ。震える声で田岡は言った。

「そうすれば菜落は傷つかなかったのに。あんな目に遭わなかったのに。俺がもっと早く動いていれば――」

――菜落は、事故に遭うこともなかったのに。

その言葉を聞いた時、わたしが吐き出す息も震えた。

悲痛な叫びは、わたしの身体の真ん中を揺さぶった。

田岡の手を、握りたくなった。そんなことはできないのに、ギュッと。わたしに励ます資格なんてないのに。

わたしは、いじめられている菜落さんを助けようともしていなかった。ただ見ていただけ。自分に被害が来ないように願っていただけ。なんかやだねぇって、思っていただけ。

田岡みたいに、頃合いを見計らっていたわけじゃないんだよ。いじめを止めようと思っていたわけじゃないんだよ。自分のことばかりで、彼女のことを心配していたわけじゃないんだよ。わたし、ずっと、すごく薄情だったんだよ。

「……俺さ」

そんなわたしに、田岡は言う。

「三橋が嶋田のこと押し倒したって、スミから聞いた時……嬉しかったんだ」

わたしの中の良心が、チクリチクリと刺激される。

「嬉しかった。三橋がおかしいって、そう思ってくれたこと。ブチ切れてくれたこと。だから三橋に、全部聞いてほしかった」

──ありがとな。

田岡の終わりの言葉に、熱いものが込み上げた。

なにも言えずにうなずく。さっきからずっとこうしている。本当は、たくさん言葉をかけたいのに。田岡を元気づけたいのに。

でも頭に浮かんでくる言葉はなにひとつ、当てはまらない気がして。全部、わたしなんかが口にしてはいけないことのような気がして。

ブランコを漕ぐ。漕ぐ。漕ぐ。座ったままいけるところまで、振り子となって漕ぐ。履いている靴を、思いきり飛ばしたい気分だった。願かけをしたかった。わたしのことじゃない、田岡のために。田岡が笑えるように。飛ばした靴が表であってくれますようこと、切に願って。

でも、わたしたちはもう、簡単に靴を飛ばせない。だってその先を考えてしまうから。

遠くに飛ばしてしまったら、ケンケンで探さなければいけない。砂で靴が汚れる。裏を向いてしまったらどうしよう。

そんなマイナスの予想をいっぱい育てられる頭を、手に入れてしまっているから。

どれくらいブランコを揺らしただろう。勢いよく前後に揺れていたブランコは、やがてその振り幅を狭めて。

「……じゃあ、帰るか」

田岡が言った。うん、と、わたしはうなずいた。

ズリリと、足底で砂を擦る音とともに、ブランコが止まる。

結局ふたりとも、靴は飛ばさないままだった。わたしたちを取り巻く環境は、なにも変わらないままで。

田岡もわたしも、しんどいままで。

「……っ、夏休みになったらさぁ！」

田岡が公園のそばに停めていた自転車にまたがった時。わたしは思わず、その背中に向けて声を投げかけていた。

「その……っ、一緒に、菜落さんの病院に、行く？」

一緒に、なんて。菜落さんの友達でもなんでもないくせに、そんな言葉がとっさに出てきた。

田岡はしばらくわたしを驚き顔で見つめた後、ゆっくりと首を振った。

「……ありがとう。でも、ごめんな」

田岡を見つめる。瞳が揺れる。

一瞬のためらいを見せた田岡は、そっと口を開いた。

「俺、さ。うん……怖いんだ」

「……怖い？」

「うん……事故に、遭ってから。なんつーか、中身が見えるっつか……想像、しちまうんだよ。自分の血とか、肉とか。肉がはげて見える、骨とか。今でも毎晩、皮膚の裏と表が入れ替わった夢、見るんだ。赤い筋肉とかじゅくじゅくした黄色い脂肪が、むき出しになった自分を……」

な、グロいだろ。苦しげに言葉を詰まらせた後、ごまかすみたいに田岡は言った。

そして、目を伏せて続けた。

「……同じように事故に遭った、菜落に会いに行くのが……怖い。菜落に会ったら、俺、吐いちまうかもしれない」

情けねーだろ。田岡は笑った。笑わせてしまった自分を、責めたくなった。

だって、下で泣いているのを隠しきれていない、薄い膜《まく》みたいな笑顔だったから。

『わざと飛び出したんじゃないかって』

アキの声が、ふいに脳裏《のうり》をよぎった。そのことは口にしなかった。田岡も言わなかった。

けれど多分、ウワサのことは知っているんだろう。田岡の苦しそうな横顔を見て、そう感じた。

もしかしたら、本当にそうなんじゃないかって。

自殺の可能性も、あるんじゃないかって。

お互いに思ってしまっていたからきっと、わたしたちは頑なに、口を結んだんだ。

第七章　優性劣性の世界

輪唱。聞こえるのはセミの羽音。

ミーンミーン。ジージー。熱い空気を、よりいっそう熱くする音。

セミの命は、たしか十日間だっただろうか。

途方に暮れるような長い時間を土の中で過ごしたのに、やっと光を浴びる瞬間は本当にわずかで。

かわいそう。かわいそうだね。

でも、それは本当に？

十日だけの命と決められているから、セミたちは思いきり鳴くことを惜しまない。

自分の気持ちを包み隠さず押し出して、最悪の結果になったとしても、どうせ十日で終わるから。

わたしたちは、そうじゃない。セミより、ずうっと長いから。

何年も、何十年も、死ぬ時期がわからなくて、永遠のように感じるから。

だから、わたしたちはきっと、自分の気持ちを閉じ込めるんだ。

気持ちを殺して、必死につくる、生きやすい世界。


「ん……」

うるさいセミの声で、目を覚ました。

眠る前にかけていた布団は、ベッドの下に落ちていた。どうやら寝ている間に蹴り落としてしまったらしい。

「あっつ……」

ヒジに体重をのせ、段階を踏んでから気だるく身体を起こす。

寝汗で、Tシャツがぐっしょりと濡れていた。肌と一体化してしまったみたいで気持ち悪い。

胸の辺りの生地をつまんで中に空気を取り込みながら、わたしはふうと、肩を落とした。

目覚める直前まで、変な夢を見ていた。

辺り一面、真っ赤な場所に立っている夢だった。血のように赤い場所。もしかしたら昨晩、田岡の話を聞いたことが影響したのかもしれない。

『今でも毎晩、皮膚の裏と表が入れ替わった夢、見るんだ』

昨日。わたしは花火の公園で、ブランコに揺られながら田岡と話をした。

田岡はわたしに、他の人には言っていないことを話してくれた。菜落さんへの気持ち。事故以来抱えている、トラウマのこと。

三橋に聞いてほしかった。田岡はそう言ってくれた。わたしを選んでくれたことが嬉しくて、それでいて申し訳なかった。

耳にそっと手を当てる。流れ込んできた田岡のテノールの声は、数時間経った今でもわたしの心臓を絞り続けていて、いてもたってもいられない気持ちを煽《あお》る。

……ねえ、田岡。

昨晩暗闇の中で見た、悔しさをいっぱいににじませた田岡の顔を思い浮かべながら、わたしは心の中で呼びかける。

……ごめんね。田岡。わたし、田岡が思ってくれているより、ずっと薄情な人間なんだよ。

耳に当てていた手をずるん、と身体の横に落とし、わたしはまつげを伏せた。

わたしは薄情だ。すごく。田岡が事故に遭ったことは、意識にのぼらせなかっただけで、知ってはいた。学校でも塾でもウワサになっていたし、四月後半に田岡が松葉杖をついて登校してくるさまを、実際に目にしていたから。

でもわたしはその時、心配なんてしなかった。田岡は全然元気そうだったし、松葉杖もすぐに取れて普通に歩けていたから。男子たちとふざけ合う田岡を目にするたびに、事故のことなんて、記憶の奥の奥に押しやってしまっていた。

すっかり忘れていた。知らなかった。田岡が野球部を辞めたのは、あの事故のせいだったなんて。事故のことがトラウマになって、毎夜恐ろしい悪夢を見ていたなんて。

田岡がそんなに重たいものを抱えていただなんて……わたし、気づかなかった。

部屋の壁紙をぼうっと見つめながら、わたしは昨夜の、田岡の話を思い起こす。

『二年に上がって、初めて登校してきた日。菜落だけが、泣きそうな顔で俺を見てたんだ』

田岡はそう、とても大切そうに言っていた。

田岡の顔の次に、わたしは菜落さんの肉付きが薄い背中を、思い浮かべる。

わたしや他の人たちが気づかなかったものに、彼女は気づいたんだ。

弱いところを見せたくない。でも、見つけてほしい。田岡の笑顔の裏に隠れた、声にならない叫び。

菜落さんだけが、それを見つけた。そして田岡は、そんな彼女に、恋心を抱いた。

全然タイプが違うのに、田岡はどうして菜落さんを好きになったんだろう。ずっと胸の内でくすぶっていた謎が、昨日、やっと解けた。

それはほんのちょっとしたキッカケで、けれど田岡にとってはとてつもなく大きな救いで。そこに生まれたのは、泣きたくなるほど切実で、誰も踏み込めない、恋だった。

ベッドのシーツを、ギュッと握る。

泣きそうに笑う。情けないだろって笑う。そんな田岡を思い出したら、どうしようもなくはがゆくて仕方がなかった。

わたしに、なにかできないのかな。痛む胸で、そう思った。

なにかしたい。今度は好奇心を満たすためじゃなくて。わたしのためじゃなくて。初めてただ純粋に、田岡のために。

でもいくら考えたところで、なにもいい案は思い浮かばない。

無理して笑わなくていいよ。泣いてもいいよ。わたしがそう言ったところで、きっと田岡は泣けやしない。

「……わたし、どうしたらいいんだろう」

そんな問いかけを宙に放ってみても、答えはどこにも見つからない。

不登校も、今日で四日目になる。今までは引きこもりつつも、部屋の片づけをしたりマンガを読んだりと多少活動をしていたけれど、いよいよやることが尽きてしまった。

もう掃除をするところなんて残っていないし、マンガはすっかり読み飽きた。あるシリーズなんて、主人公のセリフをそらで言えてしまいそうだ。

わたしができることと言えば、ベッドでひたすらゴロゴロすることくらい。ベッドに転がり、寝たり起きたり、起きたり寝たりを繰り返していたら、わたしは本当になにひとつしないまま、とうとう夜の九時を迎えてしまった。

今日一日の自分を振り返って、改めて落ち込む。こんなに一日を無駄に過ごしている人間、世界中でわたしくらいしかいないんじゃないだろうか。

時計の秒針が進んでいくにつれて、どんどん人間としての価値が下がっていく気がする。

価値が下がっていって、値引きされて値引きされて。そしたらわたしは、見切り品ワゴンに入れられるのかな。その次は……ゴミ？

ゴミ収集車に回収され、車の中でバラバラに刻まれる自分を想像したら、うえ、と吐き気がした。そんな場面、想像するものじゃない。

さすがにお風呂には入ろう。そう思って、ベッドから重い身体を起こす。

明確な基準はわからないけれど、人間であるためには、そこはサボってはいけないラインな気がする。

数時間ぶりに、そろりとドアを開けてみる。お母さんが夕食を置いているかと思ったけれど、ドアの外にはなにもなかった。

時間が経ったから、食べないものだと思われて下げられてしまったのだろうか。それか、初めから作らなかったのかもしれない。

……お母さんはもう、わたしなんてどうでもよくなったのかな。

昨日は、部屋には入らずにドアの外から声をかけてきたお母さんだけれど、今日はその声すら聞いていない。明日はどうだろう。本当に、わたしをゴミに出したりして。そんな笑えないブラックジョークを頭に浮かばせ、階段を下りていく。一段下りるたびに、身体にまとわりつく空気を重く感じる。

リビングに繋がるドアには、ほんの少しすき間があって、蛍光灯の明るい光が漏れていた。テレビの笑い声も聞こえてくる。

お父さんとお母さんに気づかれないように、リビングの前を横切ってお風呂場に向かおうとした時だった。

「おじいちゃんちに、しばらく預けたらどうかと思うの」

ドアのすき間をすり抜け、耳に入り込んできたお母さんの声。その内容に、頭が真っ白になった。

しばらく預ける？　なにを？　誰を？　そんなのわかりきっている。

……わたしを、だ。

「……っ、」

真っ白になった頭に、ぶわあと、ものすごい勢いで血がのぼる。怒りに、全身が震えた。震えすぎて、足が崩れてしまいそうだった。

預けるって、なに。熱くなった喉の奥で叫ぶ。

つまりなに？　わたしにこの家にいてほしくないってこと？　厄介《やっかい》払いしたいって

こと？

〝ハレモノの中二病娘〟は捨てたい。そういうこと？

「少し遠くに行ったほうが、八子も嫌なこと――」

バアン――！

お母さんの声が再び聞こえてきた瞬間、わたしはリビングのドアを思いきり蹴りつけ、逆走していた。

さっき下りてきたばかりの階段を駆け上がる。そして蹴りつけた時の音に負けないくらい大きな音で、部屋のドアを閉めた。

「ふ……っ、」

荒い呼吸が、口から漏れる。

……信じられない。信じられない。出ていけってはっきり言われたほうが、まだマシだ。百万倍マシ。

ヨロヨロとベッドに歩み寄る。白いシーツの海。今のわたしの、唯一の居場所。でもその白さえも、わたしを歓迎していないように見える。

横向きに倒れ込んで、背骨を丸めて足を抱えた。そうしてギュッと力を入れていないと、手当たり次第に物に当たってしまいそうだった。

最低だ。悔しさのあまり、顔がぐしゃりと歪んでいく。最低。

こんな家飛び出して、二度と帰りたくない。でも飛び出せない。だってわたしが行く場所なんて、どこにもない。

息が苦しくなってきた。学校の教室で味わった、過呼吸前の症状みたいに。

……潜らなきゃ。

はっ、はっ、と短い呼吸をしながら、わたしは急いでノートパソコンの電源を入れる。

ラジオを聴こうと思った。わたしが息を吸えなくなったあの日から、聴いていなかったお兄さんのラジオを。

午後十時まで、あと数分。それまで耐えれば、息ができる。ヒザを抱えて、口をヒザ頭に押し付けて、番組が開始するのを待つ。

はっ、はっ、はっ。短い自分の息を聞きながら、わたしは必死に願った。

……戻れたら。

『中学二年生男子!!　えー……ジュウエンムイチさんから——』

あの放送が流れた日に戻れたら。そしたら、なにか変えられたんじゃないかな。

時間を戻せたら、わたしはおじいちゃんちに送られたりしないかな。お母さんに、捨てられたりしないかな。お母さんに、クソババアなんて言葉を吐かずにすんだかな。

お母さんのご飯を、一階の食卓で食べられたかな。

やり直せたら、間違えない。きっとわたしは田岡を救える。田岡だけじゃない。菜落さんも、自分のことも助けられる。

戻るんだ。嶋田さんが、数学の問題を当てられる前まで。先生が嶋田さんを当てる前に、わたしが「はい！」と手を挙げて、答えを言ってしまえばいい。

悲惨な今の状況と比較したら、張り切っているガリ勉の称号を与えられることくらい、なんでもない。

「は……っ」

そこまで考えて、自分を殴りたくなる。バカみたい。そんな仮定、いくら考えてみても、現実はなにも変わらないのに。

ムカムカが、いっそうひどくなる。本当に呼吸困難になりそうだ。はやく。はやく。ラジオ番組がかかるのを待つ。お兄さんの声を待つ。耳を澄ませて待つ。

「……？」

そしてふと、おかしいことに気づいた。時計の針は、もう十時を回っている。

なのにラジオから流れてくるのは、お兄さんとはまったく別の、女の人の声だ。女の人が高い声でしゃべるその後ろには、今流行りの洋楽がかかっている。

……なんで？

焦りながら、ラジオのチャンネルを確かめた。いつもと同じ。いじった覚えなんかない。

よりにもよって、緊急事態の今日に限って放送が休みなのだろうか。

パソコンをネットの画面にすると、検索欄に番組名を入れてみる。

そこでわたしは、愕然とした。

「ウソ……」

放送終了。番組名の後に、そう書かれていたからだ。

なんてことだろう。ラジオを聴かなかったこの数日で、お兄さんのお悩みコーナーの番組は、放送を終えてしまっていたのだ。

「は……」

……こんなことって、ある?

目は乾いているのに、泣く時に似た感覚が込み上げて、鼻がツンとした。

なくしてしまった。わたしが、息をする場所。もう本当に、どこにも逃げ場がなくなってしまった。

手にしているスマホ。画面の右上にある電池マークは、少しも減っていない。

だって、使っていないから。アキからのメッセージも、今日は来ていなかった。

もしかしたらもう、来ないかもしれない。一向に返信しないわたしに、愛想《あいそ》を尽かしてしまったのかもしれない。

来るなって思っていたのに、来ないと心細くなるなんて。わたしはなんて勝手なんだろう。全部嫌いで、全部いらないはずなのに、さみしいなんて、すごく勝手だ。価値が下がっていく。誰からも必要とされない人間になっていく。近づいていく。ゴミ人間に。収集車の中で、バラバラにされてしまう。

何度めかの吐き気が込み上げたところに、コンコン、と軽いノックの音がした。赤く血走った目を、ドアに向ける。わずかなすき間から、お母さんの顔が遠慮がちにのぞいた。

「……八子？　大きな音がしたけど、大丈夫？」

返事をせずに、心で叫ぶ。大丈夫じゃない。ちっとも、大丈夫じゃない。

「……あのね。今、ちょっといい？」

今が一番、よくない。

ものすごく怒っていると、言葉って出ないんだ。なにも言えないわたしに向かって、お母さんは勝手にしゃべり出す。

「……一応、言っとかなきゃと思って。今日ね。お母さんが仕事から帰る時、八子の担任の先生から連絡があったの」

「……っ」

「一度、家庭訪問させてもらって、話せないかって――

足に腕。身体のいろんな箇所に、一斉に鳥肌が立った。

先生が？　家庭訪問？　なんのために？　わたしを、連れ戻すために？

リアルに浮かぶ。甲高い笑い声を上げて、長いつけ爪をパチパチと鳴らす、嶋田さんたちの様子。

グチャグチャになった、菜落さんの教科書。みんな麻痺《まひ》して、笑っている空間。なんのために、わたしはそこに戻るの。誰も待っていないのに。そこには、ウソつきしかいないのに。

連れ戻さないで。回収しに来ないで。わたしを、これ以上バラバラにしないで。

「八子……大丈夫。大丈夫よ」

返事をしないわたしに、お母さんが言葉を続ける。ドアはもう少し開かれて、わたしの領域に、お母さんが一歩入ってくる。

「お母さんね、もう断っておいたから。しんどいなら、無理しなくていいんだからね。お母さん、八子の気持ちが一番大事だから。学校なんて、しばらく行かなくていいから……」

……は？と思った。は？　なにを言ってるの、この人。

息が荒くなっていく。抑えられない。

「お母さん、八子の味方だからね」

偽善の言葉を、笑い飛ばしたくなった。

なにが味方だ。なにが一番大事だ。

ウソつき。ウソ。だってお母さんは、もうわたしなんかいらないくせに。

苦しい。口の中が腐ったような味がする。ウソ。ウソばっか。どうしてこの世界ではみんな、表と裏を持っているの。

「八子――」

「やめてよっ!!」

ベッドから跳ね起き、マットレスに拳を振り下ろしていた。

お母さんの身体がすくむ。恐れと非難を含んだ目線が、わたしに向けられる。

「わかったような……っ、わかったようなこと、言わないでよ……っ！　味方？　笑わせんな！　わたしのこと、おじいちゃんちに厄介払いしようとしてるくせに！」

わたしの言葉に、お母さんはハッと目を見開く。

「八子……もしかして、聞いてたの？」

「うるさい！」

ベッドにあった枕を掴んで、投げつける。お母さんの肩に当たり、ボスッと鈍い音がした。

「ウソつき！　知ったかぶんな！　わたしのこと知ろうともしないくせにっ！　出て

いけ!!　出てってよ!!　クソババア！」

汚い言葉を撒き散らして、手当たり次第にものを投げる。でもすぐに、手榴弾《てりゅうだん》は尽きる。手を伸ばしても、なにも拾えない。

「出てって！　出てけ！　なんにもわかってないくせに――っ、」

「じゃあなんて言えばいいのよ!?」

わたしの叫びと、同じボリュームの声が飛んだ。

お母さんも、ブチ切れていた。

「なんなの？　なんて言ってほしいの？　なにを考えてるの？　わからないわよ、だって教えてくれないんだものっ!!」

真っ赤な顔で一方的にまくしたてると、お母さんはフンッと踵《きびす》を返し、部屋から出ていってしまった。

勢いよく、ドアが閉まる。さっきわたしが怒りながら閉めた時と、同じくらい大きな音が響く。

再びひとりになった部屋。わたしはベッドに座ったまま、口を開いて唖然としていた。

いつも口うるさいお母さん。ガミガミ鬼のお母さん。でもさっきみたいに、あそこまで取り乱して怒るところなんて、見たことがなかった。

奇襲にあったみたいだ。驚きのあまり、反抗心も他の感情も湧いてこない。湧いてこないうちに、再度部屋のドアが開かれる。

開けたのは、さっき爆発したばかりのお母さんだった。

怒っているのとスネているのがいっしょくたになった顔で、洗濯物を山ほどを抱えて、わたしの部屋に入ってきた。

洗濯物を、わたしの許可なく床にドサリと落とす。お母さんは色とりどりの山の横に座ると、それを一枚一枚、丁寧に畳み始めた。

……いったい、なにしてんの。

呆気にとられているわたしの目の前。グズッと鼻をすすりながら、お母さんは洗濯物を畳み続ける。手は、止まらない。

その様子を数秒見つめた後、わたしは口をとがらせて、ベッドにゴロンと転がった。

お母さんに背を向け、ため息をつく。

……超絶面倒くさい。なんでお母さんが、スネたみたいな顔をしているの。厄介者だと思っているくせに、なんでわたしの部屋に来るの。

言いたいことはたくさんあったけれど、なんだかもう力が抜けてしまった。怒鳴って、怒鳴られてって、けっこうエネルギーを消耗《しょうもう》する。

無視を決め込むことにする。わたしが無反応でいたら、いずれは飽きて出ていってくれるだろう。

なにもしないでいると、お母さんの存在が気になってしまう。わたしは気を逸《そ》らすために、スマホでネットサーフィンをした。この居心地の悪さをやり過ごすには、それしか方法がなかった。

しばらく、無言の時間が過ぎた。わたしはスマホを撫で続け、お母さんは洗濯物を畳み続けた。

そして、空気の重さに耐えきれなくなった頃、やっとお母さんが口を開いた。

「……お母さんね、考えたの」

背中越しに聞こえた、か細い声。

お母さんの声は、何度も何度も吊《つ》るし切りされて、細くなってしまったような声だった。

「考えても、考えても、八子の気持ちがわからないから……お母さんね。自分だったらどうすると楽かなって、考えたの」

一生懸命さを込めた細い声が、ギリギリ途切れないところで続いていく。

「お母さんの場合はね、問題ごとから遠くに離れると、気分が落ち着くから。前向きになれて、またがんばれるから。だから……おじいちゃんちに行って、少し休憩するのはどうかなって、思ったのよ……っ」

寝返りを打って、お母さんのほうを見た。あれだけたくさんあった洗濯物は、全部畳み終えられていた。

お母さんの鼻が、グズッと鳴った。お母さんはわたしに背中を向けていて、顔は見えないけれど、泣いているのだと思った。

お母さんは、きれいに畳まれた洗濯物をまた開いて、ゆっくりシワを伸ばし始める。そうしてまでも、お母さんはわたしの部屋にいようとしていた。

その背中が、なんだかとても、小さく見えた。

「……お母さん」

呼びかけてしまったら、目の奥に熱いものが込み上げてきた。

ごめんって、思った。その背中は多分、わたしの言葉が削ってしまったんだって気づいた。

美術の授業。初めて彫刻刀《ちょうこくとう》を使った時のことを思い出す。緊張しながらそうっと、ゆっくり力を入れて、木目に沿って薄く削った。

わたしはきっと、その時よりも深く雑に、木目に逆らってお母さんを削ってしまったんだ。お母さんを、いっぱい傷つけてしまったんだ。

なのにお母さんは、まだここにいる。どうしようもないわたしの隣に、いようとする。

バラバラになった心が、ひとつの場所に集まってくっつき始めた気がした。

ゆっくりと、口を開いた。漏れ出る空気が震える。

お母さん。ごめんね。ごめんね。お母さん。

あのね。

「……わたし……、許せなかったの」

初めて、わたしが嶋田さんにつっかかった事件のことを、自分から口にした。言葉にすることから、今の今まで逃げていた。

怖かったから。認めてしまったら、世界をまるごと敵に回してしまうような気がしていたから。否定されるかもしれないと思っていたから。

暴力で傷つけてもいいなんて、力で押し込めればいいなんて、少しも思ってないよ。

でも、それでも。

「どうしても、許せなかったの……っ」

ハッと顔を上げて、お母さんはわたしを見た。お母さんの顔は、涙でボロボロに崩れていた。

罪悪感と、悔しさと、田岡から聞いた言葉と。一気に全部が込み上げてきて、混ぜこぜになって、わたしも泣けてきた。声を上げて、泣いた。

ずっとイライラしていた。モヤモヤしていた。キシキシしていた。怒っていた。跳ねのけていた。

でも、ああ、そうか。わたし、泣きたかったんだ。

怒りたかったんじゃない。八つ当たりしたかったんじゃない。ものを壊したかったんじゃない。そうじゃなくて。

わたし本当は……ずっと、泣きたかったんだ。

お母さんは、ベッドのすぐそばまで来て、わたしの身体をさすった。その手はとても、あたたかかった。あたたかいから、溜めていたドロドロが涙となって、全部身体から出ていく気がした。

「今年の五月、くらいから……クラスで、いじめられてる子が、いて……でも、わたし……ずっと、見てる、だけで……っ」

しゃくりあげながら、話した。

うん、うんって。お母さんは真剣な顔で、わたしの告白に相槌《あいづち》を打った。

そして、たくさん考えて、選んだその言葉をわたしに告げた。

「すごくつらかったね」

「お母さんが八子の立場だったとしても、助けに行けなかったと思うよ」

「そんな悪口、聞いちゃったら、そりゃ平然としていられないわよ」

少し的外れなものもあったけれど、それらはすごく一生懸命、わたしのために考えられた言葉だった。

涙はゆっくりと引いていき、乾いた頃には、気持ちがとても落ち着いていた。

お母さんは最後に、こんな話をした。

「……みんな同じ人間なんだから、話し合えばわかり合える……っていうのは、理想論よね」

わたしの背中を、さすりながら。

「八子と、その子はね。一生わかり合えないかもしれない。その子はそういう子で、考え方は変わらないものの」

何度も何度も、さすりながら。

「でも、その子に合わせて、八子が変わらなきゃいけない理由もない。だから、いいの」

力強く。それは。

「他のみんなが正しいって言っても、正しくないと八子が思うなら、許さなくていいの」

わたしの存在を、肯定《こうてい》してくれるかのように。

「……ん、」

うん、と言いたかったけれど、うまく声が出なかった。焼けるように熱いものが、喉を通った。

お母さんもきっと、今のわたしの時代を乗り越えてきたひとりなんだ。そう思った。

田岡にも、伝えたいと思った。

正しくないものに頭を下げなければいけない時が、この世界にはたくさんある。

でも、許さなくていい。謝っても、許さなくていい。

自分の心は、自分の形で持っていればいい。


泣いたせいで、喉がカラカラになってしまった。

水を飲もうと二階から下りると、お父さんがリビングでテレビを見ていた。

いつも楽しみに見ている、車のレース番組だった。相変わらず近所迷惑になりそうな音量に設定して、エンジンの迫力を誇張《こちょう》している。

気づかれていないと思って、そろりとキッチンに入り、コップを手に取った時だった。

「夏休み入ったら、久しぶりに海でも行くかー」

テレビに視線を預けたまま、お父さんがそう言った。

少し驚いた後、あたたかいものがゆっくりと、穏やかな川のように心に流れ込んできた。

水を口に含む。涙のせいで、しょっぱい海の味がする。

「……お父さん、それ見終わったら、ちゃんと音量下げてよね」

「え？」

「いっつも朝、大音量でニュース流れて、びっくりするんだから」

「お……おお」

ごめんと謝るお父さんが、怒られた子どもみたいな顔をしていたから、思わずプッと吹き出してしまった。

乾いた唇を舐める。しょっぱい。やっぱり、海の味。

いいな、海。行こう、海。わたしを逃がしてくれる、空想の深海はもうないけれど。しょっぱくて、濁っていて、冷たくて、目を開けられないような。本物の海に、肌を浸そう。

この夜、わたしは数日ぶりに、お母さんとお父さんに「おやすみ」を言った。数日ぶりに、「おやすみ」を聞いた。

布団に潜る。朝起きたら、きっと目の周りはパンパンでひどい顔になっているだろう。

けれどしっかりきれいに洗った後は、久しぶりに、ちゃんと笑える気がした。

第八章　再生甦生《そせい》の世界

テレビゲームなら、間違えてもぽちり。

リセットボタンひとつで、簡単に戻ることができる。

ぽちり、ぽちり、ぽちり。押して戻って、カンペキな道を、進み続けて。

でも、人間はそうじゃない。

リセットボタンなんてない。完全な元どおりにはなれない。

わたしたちは、あったことをなかったことにはできなくて。

でもね。大丈夫。再生することなら、できるから。

悩んで、悩んで、さらに間違って。煮詰まって、立ち止まって、涙を流して。

そうしてゆっくり、再生する。

新しい自分に、なっていく。


早起きは苦手で朝に弱いけれど、わたしは別に、朝が嫌いというわけじゃない。朝が一番、気持ちがシャキッとする。一番、新しい自分でいられると思う。

昼でも夜でもなく、朝に目覚めること。白い朝日と一緒に、活動を始めること。

それは多分、普通で、すごく大事なことだ。

「どうしたの、八子」

たくさん泣いてたくさん吐き出した、その翌日。土曜日の朝。

コンコン、とノックしてわたしの部屋に入ってきたお母さんは、鳩が豆鉄砲を食ったような顔をして、驚きの声を上げた。

驚くのも無理はないと思う。だってわたしが、制服を着ているからだ。

ここ数日間、不登校で部屋に引きこもっていたわたしが。

「……学校、行こうと思って。置きっぱなしの教科書とか、取ってくる」

すっきりした声で、わたしは答えた。

もう、部屋に引きこもっているのはやめよう。それは、昨日眠る前に決めたことだった。

決めたんだ。さすがにすぐに登校することはできないけれど、でも、夏休み明けからはちゃんと登校しようって。前向きになろう、再生しようって。

そのために今日、一度学校に行って、荷物を取ってこようと思った。それが今のわたしにできることで、すべきことだ。

実際、教科書がなければ家で勉強することができない。勉強をサボってテストでまた痛い目を見るのは、自分自身だ。

「でも……大丈夫なの？　嫌な子たちに、会ったりしない？」

困惑が抜けない声色で尋ねてくるお母さん。八の字型になった眉に、心配でたまらないという心境が表れている。

「大丈夫だよ、土曜日だから。教室には誰もいないよ」

できるだけ明るい声を引っ張り出す。赤色のスカーフが、胸元からわたしを見上げている。

半袖の白いセーラー服に、均等なヒダが並ぶスカート。学校指定の黒いリブソックス。

入学式の時には、とても新鮮で特別に思えた制服。そして今日、わたしはまたこの制服を特別に感じている。この制服を身にまとうことは、しばらく足を止めていたわたしの、第一歩だ。

「うわ、まぶし……」

家を出た瞬間、思わずひとり言が口をついて出た。久々に見た、朝日に包まれた外の世界は、驚くほどまぶしかった。

数日間引きこもっているうちに、目が退化してしまったのかもしれない。何度もまばたきを繰り返す。

空の青、雲の白、田んぼの緑。外の世界には、驚くほどいろんな色があふれていた。黒い鉛筆の絵しか見ていなかったのに、突然二十四色の色鉛筆で描かれた絵を、目の前に広げられたみたい。二十四色？　ううん、もっとだ。四方八方に散らばっている、原色だけでは、言い表せない色。

新鮮な空気を、胸いっぱいに吸い込む。よし、と気合いを入れると、わたしは背筋を伸ばして歩き始める。

前へ、前へ、前へ。足を向かわせるのは、通学路とは違う道だ。

学校に行く。お母さんにはそう言ってきたけれど、その前に、わたしには行かなければならないところがあった。

行くべき場所。何度も足を運んだことがある場所。アキの家だ。


昨日の晩。お母さんが部屋に来て、仕方なくスマホを触っている時。

わたしは見ないようにしていたアキのブログを、ついうっかり開いてしまった。ブックマークの、上のほうにあったから。

ピンクのイチゴブログは、わたしが目を背けていた間にたくさん更新されていた。

アキはいつも、記事の題名にJ-POPの歌詞の一部を用いている。君と作った愛のかけら、だとか、息をするたびまた好きになる、とか。なかなかイタいヤツ。

けれど最新の記事だけは、【無題】と表示されていて。すぐにブログを閉じようとしていたのだけれど、その【無題】が気になったわたしは、指を滑らせてタップしていた。

スマホの画面いっぱいに、ピンクの記事が開かれる。いつも飛び交っている賑やかな絵文字は、そこにはなかった。

アキの言葉だけが、箇条書きでシンプルに並べられていた。

【大切な人が、すごくつらい目に遭った時、どうしてあげればいいのかな】

【メッセージを送り続けると、逆に追い詰めちゃうのかな】

【わたしって、なんだろう。その人にとって、どういう存在なんだろう】

そんなことが、ぎっしり詰められて書いてあった。

大切な人。自惚《うぬぼ》れじゃない、わたしのことだ。そう思った。

唇をギュッと内側に巻き込んでブログを閉じると、わたしは未読だったアキからのメッセージを、一斉に開封していった。

【ハチ、大丈夫?】

【連絡待ってるよ】

【ずっと待ってるよ】

ずいぶん遅れて届いた言葉たちに、心が震えた。

ああ、と思った。わたし、バカだ。

わたしはアキのことを、見せかけの友達だと思っていた。わたしの状況を楽しんでいるくせにって。勝手にアキを悪者にして、信じようともしていなかった。

返信もしないわたしに、アキは悩みながらたくさん、言葉を送り続けてくれたのに。わたしのことを、諦めないでいてくれたのに。

アキと話さなきゃ、と思った。文字じゃダメだと思った。電話でもダメだ。直接会わなきゃ。顔を見て言わなきゃ。ごめんって。

昨日の深夜に、明日家に行ってもいいかと連絡を入れたら、まるで待ち構えていたかのように、速攻で返事が来た。

【待ってる】

ハートもなにも飛んでいない、真剣なメッセージだった。

アキの家は、川のそばに立っている白っぽいマンションだ。五階建ての最上階、五〇二号室。何度か来させてもらったことがあるから、部屋番号は覚えている。

マンション内にエレベーターは備えつけられているのだけれど、わたしは今日、なんとなく階段をのぼることにした。ダイエットのために毎日階段を使うんだって、前にアキが言っていたことを思い出したから。

アキは別に太っていないのに、住友くんにもっとかわいいと思われたいんだって。恋する乙女のパワーはすごいものだ。

非常口の重い扉を押し開け、階段をのぼっていく。ベッドの住人と化していたせいで筋肉が衰えたのか、少しのぼっただけですぐに息が上がってしまう。毎日五階をのぼり降りなんて、アキはがんばっているんだなぁと、アキを讃《たた》えたい気持ちになる。

ハァハァ言いながら、五〇二号室の前に着いた。

息を整えて、少しためらってからチャイムを鳴らす。こんなに緊張してアキに会うことは、後にも先にもないだろう。

アキはいったい、どんな顔で出てくるだろう。口をとがらせてスネた顔をしているんじゃないかと想像していたけれど、答え合わせをすることはできなかった。

「ハチッ！」

ドアが開いた瞬間、アキが弾丸のように飛び出してきて、わたしを抱きしめたからだ。

驚いて棒立ちになってしまうわたし。棒立ちのわたしを囲うアキの手に、ぎゅううと力が込められる。

相変わらず、怪力のアキ。ああ、知ってる、この匂い。アキの匂いだ。

「……アキ、苦しい」

「怒ってるから！」

わたしをぎゅうぎゅうと絞りながら、アキは言った。

「わたし、超怒ってるから！　もう、すっごい心配したんだから……っ！」

アキは大声で、わたしを怒った。怒りながら泣いて、その声はにじんでいた。

わたしの耳元で、アキがヒクッと何度もしゃくりあげる。そんなふうに泣いてくれるアキに鼻の奥がツンとして、唇を噛みしめると、わたしは上を向いた。

「……ごめん、アキ」

こぼした言葉は、少し震えていた。

何秒、なんてタイムは計っていないけれど、わたしたちの抱擁《ほうよう》はとても長かったと思う。生き別れていた恋人同士みたいにたっぷりと抱き合った後、わたしはアキの部屋に案内された。

アキの部屋は、わたしの部屋の五倍くらいものが多い。

ベッドはオレンジの水玉。カーテンはピンクのリボン柄。色にもグッズにも統一感がなくて、目がチカチカする。

だというのに、なぜかこのごちゃごちゃしている部屋は居心地がよくて、来させてもらった時はいつも長居してしまう。

スミと付き合うことになったんだよねぇ。アキが頬をピンク色に染めながら報告してきたのも、たしかこの部屋だった。

「アキ、ごめんね」

ローテーブルをはさんで正面に座るアキに、わたしはもう一度謝った。

「わたし……アキのこと、信じられてなかったの」

全部言おうと思った。アキだから。気持ちを隠してしまわずに。事件のこと。事件より前から思っていたこと。

「……アキ、ずっと、わたしと田岡をくっつけようとしてたでしょ？　わたし、その時は田岡のこと、好きでもなんでもなかったのに」

言いにくいこと。ついうつむいてしまいそうになるけれど、わたしはアキの目を見たまま、ヒザの上で握りこぶしを作って話す。

「だから……菜落さんの事件でわたしがショックを受けてる時。アキは心配してくれたけど、面白がられてるみたいな気がしちゃったの」

わたしにとっては、自分を揺るがすような事件だったのに、ただの恋愛ごとに置き換えられている気がしてしまった。アキの言葉が、全部記者の質問みたいに聞こえてしまっていた。

「ハチ……」

「アキがわたしに連絡をくれるのは、面白い情報がほしいからじゃないかって。どんどん、マイナス思考になって、アキを疑って。メッセージを開けるのが、怖かった」

暗い部屋の中。なにもかもを、切り離したかった。全部嫌い嫌い嫌いって、手放そうとして、でも、完全に手放すことも怖くて。

「電話にも、出られなかった。わたし……アキから、菜落さんが事故に遭ったって電話を受けた時、本当に怖かったから。ねえアキ、わたしね……」

声が震えてしまい、一度唇を閉じる。内側から込み上げてくる青い感情を抑えつつ、息を吸い込む。

「菜落さんがいじめられてた時、傍観者でいたこと……すごく、後悔してる。田岡に暴力をふるわせてしまったこと、後悔してる。わたし……今のままの自分は、嫌いなんだ」

すぐそこに迫った涙をこらえながら、わたしはたくさんの気持ちを吐き出した。

許せない、弱虫な自分のこと。薄情だった自分のこと。戻れたらいいのに、なんて考えたこと。田岡も菜落さんも救えたらと思ったこと。薄暗い部屋に引きこもっている間、グルグルとひとりで考え込んでいたこと、全部。

うまくまとまらなくて、重複してしまった部分もあったのに、アキはずっと真剣な顔をして聞いてくれた。たくさんたくさんうなずきながら、その全部を聞いてくれた。

「夏休み明けには、学校に行こうと思ってる」

話の終わりに、わたしは言った。

「それから、近いうちに……先生にいじめのことを、話しに行こうと思う」

今までは異端者になることを恐れていた。自分が次の標的になることが怖かった。

でもこれ以上、自分を嫌いになりたくないから。なかったことには、絶対にしたくないから。

「わたしも一緒に行くよ」

まっすぐわたしを見て、アキは言った。

「わたしも行く。ハチと、一緒にいるよ。二学期からも、大丈夫だよ。もしハチが嶋田さんたちになにかされたら、わたしが守るよ。一緒にいれば大丈夫だよ。だから――」

大きな目でわたしを見つめて、アキが言う。

「だからもう、ひとりで抱えないでね。さっきみたいに、なんでも話してね」

「……アキ」

「ハチってあんまり考えてること言わないし、わたし……たまにさみしいんだよ。無理やり全部出せってわけじゃないけど、出したいものを引っ込めなくていいんだよ。わたしには、いいんだよ。友達なんだから」

アキは、力を込めてそう言った。

「だってわたし、ハチのこと大好きなんだから」

スミには負けるけど。そうつけ加えられて、わたしはフッと笑ってしまった。

わたしたちは一年生の時から同じ部活で同じクラスだけれど、今日この瞬間、初めて本当の友達になれた気がした。

一生懸命うなずいて、一生懸命しゃべるアキが、なんだかとても愛おしかった。

大切にしようと思った。わたしを、ものすごい怪力で抱きしめてくれる、アキのことを。

「ハチ！」

話が一段落してアキの家を出た時。これから学校へ向かおうとするわたしを、アキが呼び止めた。

「ん？」と振り返る。アキは唇を真一文字に結んで、少し溜めてから、口を開いた。

「……さっき、話してくれた時。ハチ、『その時は田岡のこと、好きでもなんでもなかったのに』って、言ったでしょ？」

「……うん」

「その時はってことは……今は？　今は、好きなの？」

アキの質問に目を見張る。驚いた後、まったくアキはめざといなあと、苦みを帯びた感情が心に生まれた。

でも、嫌じゃなかった。面白がっているんじゃなくて、わたしの気持ちを知りたいって。そう思ってくれている問いかけだと、伝わってきたから。

「……わかんない」

苦笑いでそう言った。

本心だった。まだわからないんだ。わたしの田岡に対する、他の人にはない、特別なこの気持ちはなんなのか。

「……そっか」

そんなわたしに、アキは笑った。

はちみつバターホットケーキとはまた違う、やわらかい笑顔だった。


アキの家でけっこう話し込んでいたから、学校に着いたのはほとんど正午に近い時間だった。

七月、しかも真昼となると、太陽が一番パワーを発揮する頃だ。見慣れたボロい校舎を、黄金の光がジリジリと焼いている。

ゆるい坂をのぼって校門をくぐる時、思っていたより、わたしは緊張しなかった。

多分、わたしひとりじゃないからだ。実際に足を踏み入れているのはわたしだけだけれど、お母さん、お父さん、アキ、そして田岡。みんなからもらったいろんな気持ちを、今のわたしは持っているから。

ひとりぼっちだったらきっと、わたしはここに戻ってくることができなかった。ずっと、薄暗い部屋のベッドに転がって、嘆いているだけだった。

校門を入ってすぐ左手に広がっているグラウンドでは、サッカー部が活動真っ最中だった。数人で組になってパスをし合い、忙しなく身体を動かしている。

あんまりダラダラ歩いていると、部員の人に目撃されてしまいそうだから、わたしは早足で校舎に向かった。

校舎の中に入ると、グラウンドのざわめきがぐんと遠くなった。休日の昇降口は、賑わいとは真逆の静かな空気に包まれていて、わたし以外の人影はどこにも見当たらない。

靴を履き替えて、廊下を歩く。上履きの靴底に入ってくる感覚が、なんだかとても懐かしい。学校の廊下って、家のフローリングよりやわらかいんだなぁと、そんなことに気づく。

階段をのぼっていく。二階に差しかかった時、窓から体育館が見えた。夏の体育館はまるでサウナだ。空気の入れ替えが必須だから、今日も体育館の上窓と下窓は全開にされていた。

その窓から、パシイ――！パシイ――！と乾いた小気味よい音が聞こえてくる。

バレー部がボールを打つ音だろう。体育館の割り当ては、土曜日がバレー部、日曜日がバスケ部だから。

パシイ――！パシイ――！　聞こえてくる音を、脳内でバスケのドリブル音に置き換えてみる。

ダムダムダムダム。床に弾けるドリブルの音。キュッと短い、バッシュの摩擦音。

『ファイッ、オー!!』

体育館いっぱいに響く、アキの大きなかけ声までもが蘇ってくる。

身体の奥が疼《うず》いた。バスケをやりたいと思った。バスケ、したいな。また、がんばりたいな。サボっていたから、きっと身体がなまっている。カンを取り戻さないと。

二十七日に開催されるバスケ部の試合の応援にも、行こうと思った。仲間たちのがんばりを見に行こう。アキに負けない大声で、応援しよう。

バスケの試合だけではない。塾の夏期講習も始まるから、夏休みはきっと忙しくなる。実力テストでまた失敗するわけにはいかないから、必死で勉強しないと。今休んでいる分も、取り戻さないと。

やるべきことも、考えるべきことも大量にある。でも大丈夫。自分と向き合う時間は、たくさんあるんだ。

意識してしゃんと背筋を伸ばし、一歩一歩踏みしめるように歩くうちに、二年二組の教室の前にたどり着いていた。

鍵が閉まっているかもと思っていたけれど、ドアは施錠していないどころか全開にしてあった。夏だから、換気のつもりだろうか。ずいぶん無用心だなぁと心配になる。でも中をのぞいてみると、さすがに窓は全部ピタリと閉められていた。久しぶりの教室に、ゆっくりと足を踏み入れる。キシッ。床が軋《きし》んで、廊下とはまた違う感触が靴裏に響く。

首を回して、誰もいない教室内を見渡す。並んだ机の列。白っぽさが残る黒板。日直の札。掲示板にめり込んだ押しピン。

胸に、きゅーっと絞られるような感覚が走った。

息苦しいわけじゃない。なんだろう。どうしたんだろう。涙が出そうだ。

……わたしの世界は、こんなにちっぽけだったんだなぁ。

少し前のわたしにとっては、この四角い空間が世界のすべてだった。ここで生きていかなければいけなくて、ここから落ちないように、はじき出されてしまわないように、自分の形を変えなければいけないって、そう思っていた。

自分を偽って、そうしたら周りもすべて偽物に見えた。みんなウソつきって、そう思っていた。でも気づかなかっただけで、その中に本物だってあったはずなのに。

吸って、吐いて。呼吸を一セット行ったところで、わたしは窓際一番後ろにある、自分の席に近づいていった。

爪で引っ掻いた跡。ボールペンをぐりぐりした跡。窓を介した光が、机の凹凸を浮かび上がらせている。

机の中から、置きっぱなしにしていた教科書を取り出していく。数学、英語、歴史。三橋八子の名前が書かれた教科書たちは、なんのイタズラもされておらず、きれいなままだった。

もしかしたら悲惨なことになっているかも、と思っていたからホッとする。

ずいぶんパンパンに詰まっているなぁと思っていたら、教科書やノートの他に、夏休みの宿題も入っていた。分厚い問題集。少し早めに配られていたのだろう。

——アンタ、どこ行ってたのよ。

表紙にデカデカと描かれているひまわりが、えらそうに、わたしにそう言っているみたいだ。

持ってきていた学校のサブバッグにそれらを全部詰めると、サブバッグは岩のように膨れ上がり、ずっしりと重くなった。

右肩にかけると、身体のバランスが異様に悪くなる。

「……さて、と」

これで用事は終わりだなと、教室を出ようとしたその時。ふと、前方にある菜落さんの机が、目に留まった。

彼女の机の中は、空っぽだった。持って帰るのが面倒で、教科書を机の中に置き去りにしているクラスメイトが多い中、その空洞はとても目立って見えた。

わたしみたいに学校に取りに来た、ということはないはずだ。彼女はまだ入院していると、アキからさっき聞いたばかりだから。

それか、優等生の菜落さんのことだから、元々置きっぱなしになんてしない主義なのかもしれない。

わたしが次の行動に出たのは、本当に、なんとなくだった。机が空っぽだったから、ただなんとなく、教室の後ろにある菜落さんの個人ロッカーを開けてみたのだ。

「……わ」

思わず声が漏れた。そこには、数冊のノートや資料集が置きっぱなしにしてあった。

おお、と思った。菜落さんも、置いて帰ってる。

空っぽを想像していたからすごく意外で、わたしはつい無断で、それらを手に取ってしまった。

歴史の資料集。うん。これは、たしかに教科書類で一番重いから、置いて帰る人が大半だ。それから、国語の便覧《びんらん》。これも、授業ですらほとんど使わないしな。

でも、やっぱりわたしのよりもずいぶん使いこまれてるなぁ。しっかり使われているものって、ページの膨らみも表紙の感じも違うものだ。

感心しながら、ぱらぱらとページをめくってみる。

蛍光線の引き方、きれいだな。歪んでる線、ないなぁ。書き込みの字も、やっぱきれい。あ、でも、間違ったところ、ペンで塗り潰してる。修正ペンとか、使わないんだ。意外。

すごく、不思議な気持ちだった。菜落さんの人間くささみたいなものが、垣間見えて。

彼女は案外、真面目一直線ってわけではないのかな。コツコツタイプじゃなくて、要領がいいのかな。ただガリ勉ですべてを詰め込むんじゃなくて、必要なところだけ、選びとっていたのかもしれない。

三カ月間同じクラスでやってきたのに、たった今、自己紹介をされたかのようだった。

菜落ミノリというひとりの人間に、初めて触れた気がした。

……初めまして。

教科書を両手に握りながら、心の中で話しかけてみる。

初めまして、三橋八子です。わたしはその後に、どんな言葉を続けるだろう。

趣味は？　特技は、やっぱり勉強？　菜落さんて、勉強するの、好きなの？　なんの教科が、一番好き？

ねえ、他に、どんなことが好きなの？

今よりもっともっと前に、実際にこんな会話ができていたら……。

「……あれ？」

思わず口から、疑問の言葉が飛び出ていた。

歴史の資料集。国語の便覧。重たいもの数冊の後に、一冊、薄い大学ノートが混じっていたからだ。表紙には、なんの教科名も書かれていない。

……なんだろう。

ロッカーを開けた時よりもずっと大きなドキドキが、わたしの中を駆けめぐる。

なんだろう、このノート。見ても、いいかな。いや、ダメかな。プライバシーの侵害、かな。

でももしかしたら、テストの要点をまとめたものかもしれない。だったらそれは、ものすごく、ものすごくありがたい。ちょこっとでいいから、写させてほしい。

どうしようかな。うーん、でも。

自分ひとりで脳内会議を繰り広げた結果、わたしは思いきって、ノートの端に手をかけてしまっていた。

ごめんね、と心の中でつぶやいてから、わたしはノートを開いた。そして。

「……え？」

わたしは今日一番の大きさで、目を丸く見開いた。

そこに書かれていたのは、テストの要点じゃなかった。きれいに綴《つづ》られた、文章。便覧に書かれていたものよりも、もっと丁寧な文字。

【宇宙をはしる】

一番初めの行には、そんな言葉が書かれてあった。

……これ、もしかして、小説？

読書感想文用にしか本なんか読まないわたしは、慣れない文章の固まりに、首をかしげた。

日記ではない。日常とはまったく違う世界の話。ファンタジーっていうんだろうか、こういうの。活字は苦手なくせに、読み始めたら、次々と目が文章を追っていた。

主人公は男の子。

男の子はいつも明るく笑顔で、とても思いやりのある性格で。村のみんなから好かれていて、毎日楽しく充実した日々を送っていた。

なのにある日、村人を助けるために倒れた木の下敷きになり、自分の足を失ってしまう。

ベッドに寝たきりになってしまう男の子。男の子は絶望する。自分はもう、どこにも行けない。走ることはおろか、歩くことすらできない。なにもできない、なにも。すっかり笑顔を失ってしまった男の子。

そんなある夜、眠ろうとする男の子の元に、突然一頭の馬が現れる。

馬は、艶やかで優しい黄色の毛並みをしていて。タテガミには、金色と銀色がきらめいていて、まるで星のようで。

星の色をした馬は、男の子に告げる。

「わたしと一緒に、旅に出よう」

ページをめくる。夢中で読み進めた。

星の馬は、男の子を乗せて走り出す。ものすごい勢いで雲を突き抜け、掻き分け、地球を飛び立つ。ふたりが走るのは、とてつもなく広い、宇宙。

ロッカーの前に突っ立ったまま、わたしはその話の虜《とりこ》になっていた。

窓が閉め切られた教室。背中を、玉の汗が伝う。何枚もページをめくって、めくって、あるページで文章は途切れた。

丁寧な字で綴られたその話は、完結していなかった。

とても中途半端なところで、未完成のまま、終わっていた。

——無限に広がる世界。

わたしは吸い込まれたようにずっと、その最後の文字を見つめていた。

第九章　末広がりの世界

人間は、自分のためにしか泣けないって本当？

つらい思いをしている誰かと一緒に泣くのは、その人のためじゃない。

つらい立場にいるのが自分だと、置き換えるから。

誰かが亡くなって涙を流すのは、置いていかれた自分がかわいそうだから。

自分が死ぬことを想像し、怖くなるから。

そうだね。そのとおりだね。みんな、自分のことが一番大事。

ひとりぼっちは嫌だから手を伸ばす。自分のために他人を求める。

でも、それでいいじゃない。十分なんじゃない。

手を伸ばして、繋いで。笑い合った時、〝誰かのため〟は生まれるから。


揺らすたびに、ブランコの鎖がキイ、と短い悲鳴を上げる。

錆びているせいで起こる摩擦音だ。理科の授業で習った。金属は酸素と結合し、すぐに酸化してしまうこと。

酸化は劣化だ。酸素はわたしたち人間を生き永らえさせる一方で、金属の寿命はごりごりと減らしていく。

なにかにとってはプラスになるものが、別のなにかにとってはマイナスになる。

世の中にあるものはすべてプラスとマイナスの一面を持っていて、プラマイゼロで、世界の均衡《きんこう》は保たれているのかもしれない。そんな、難しいことを考えてみる。

お母さんと和解した金曜日の夜。久々に学校へ行った土曜日の昼。

それから日曜日をはさんで迎えた、月曜日。松尾塾が終わる午後九時過ぎ、わたしは例の、花火の公園にいた。

ひとりブランコに乗り、足を浮かせては地面に戻し、短い浮遊を繰り返す。意味のない行動だけれど、じっとしていては心が落ち着かなかった。

なにをしているのか。ほかでもない、わたしは田岡を待っていた。

前回は田岡から呼び出されたけれど、今回は逆だ。わたしが田岡に、呼び出しのメッセージを送った。

【塾が終わったら、公園に来て】

その一文だけ。

呼び出される立場だった時も相当ドキドキしたけれど、逆の立場でも心臓が暴れる。今になってわかる。田岡もわたしを待っていたあの時、すごく緊張していたのかもしれない。

「三橋っ！」

田岡の声が鼓膜を揺らしたのは、十分ほど待ってからのことだった。ブランコにいるわたしの元に、息を切らして田岡がやってくる。

「……よっ。田岡」

「よっ。……てか三橋お前、ちょっとこえーぞ。遠目から見たら、一瞬オバケがいるのかと思った」

目を見開いてから、非難の意味を込めてグッと細める。

「……失礼な」

「ははっ。だって三橋、今日白いから」

田岡が笑って、隣のブランコに座る。

オバケ呼ばわりも、まあわからないでもなかった。今日のわたしは、白いAラインワンピースを着ている。

わざわざ制服から着替え直してきた、めったに着ない服。特別な時にしか着ない服だ。

白いワンピースの裾を、パタパタと煽《あお》る。生ぬるい風が、太ももにまとわりつく。

「……あれから、元気にしてた？」

口にも同じ温度の空気がまとわりついてくるのを感じながら、わたしは言った。

「って言っても、数日しか経ってないけどさ」

「あー……まあ。うん」

田岡が軽く、ブランコを揺らし始める。田岡が口にしたうん、は、とてもいろいろなものを含んでいる。

「……ずっと家にいると、さ。一日がすっげー、長いよな」

「うん。ヒマすぎて死にそう」

「ははっ、うん。死にそう。マンガ読むことくらいしかすることなくね？」

「ないね」

「マンガと、あと——あっ！」

「なに？」

「ラジオ」

流れるように、田岡が言った。その三文字の単語に、わたしの喉はきゅっと締まった。

「ヒマ潰しにラジオ、聴いてたな。三橋、ラジオって聴いたことある？」

「……うん」

「俺、毎日聴いてたラジオ番組があってさ。でもそれ、引きこもってちょうどヒマな時に放送終了しちまったんだよな。どんだけ運悪いんだよっつー話」

面白おかしく、明るめのトーンで放たれる田岡の言葉。ブランコの鎖を握る手に、自然と力が入る。

「そう……なんだ」

田岡の言うラジオ番組。それは間違いなく、わたしが毎晩聴いていたのと同じものだ。

田岡が聴いていることは知っていたけれど、田岡の口から聞くのは、これが初めてだった。

わたしの中に張りめぐらされていた緊張の糸が、強度を強めた。ラジオ番組のことは、今から話そうとしているうちのひとつだったから。

今日田岡を呼んだのは、ほかでもない、伝えたいことがあったからだ。

打ち明けたいことがあった。話すことで、田岡が少しでも救われればいいと思った。言うべき内容は、頭で十分整理してきたつもりだった。でもいざとなると、迷ってしまう。なにから話そう。どこから。どう言えば、田岡にちゃんと伝わるだろう。

心を落ちつけようと息を吸い込む。鎖の錆びた匂いと花火の火薬の匂いが、同時に鼻腔をすり抜けていった気がした。

それは、あの時の花火の記憶が蘇ったのか、誰かがここで新しく花火をした名残なのか、わからないけれど。

「夏休み、もうすぐだな」

黙っているわたしに、田岡が言った。鼻の奥の焦げた匂いが、よりいっそう強くなる。

「……そだね」

「まあ、夏休み入ったら俺ら、毎日顔合わせることになるな。塾の夏期講習、午前中ずっとあるだろ」

「うん」

「夏期講習って響き、嫌だよなー。ま、ヒマが減るからいいんだけどな」

靴の先で、田岡が土の上に円を描く。ちょっといびつな円を描いて、その中にまたいくつか丸を描いて、テレビで見たことのあるキャラクターが出来上がる。

わたしはそれを、静かに見ていた。田岡が、できたばかりの顔に、ビッと横線を引く。そしてその中身を、余すところがないようにと塗り潰していく。

もうすぐ、白丸が黒丸になる。全部塗り終えてしまう前に、言おう。

わたしは、大きく息を吸った。

「……田岡、あの」

たくさん溜めてから、やっと吐き出した田岡の名前。声を出すというごくごく普通の動作は、尋常じゃないほどわたしの心を揺さぶった。

「うん?」

「あの……う、うまく言えないかもしれないけど……聞いてくれる?」

わたしの問いかけに、田岡がうなずく。

心の内で思っているだけなら平気なのに、言葉にして出すと、気持ちが込み上げて泣いてしまいそうになる。

自分に言い聞かせる。ダメ、震えるな。

手だけではなく目にも力を入れなければ続けられなさそうで、わたしは自分の足元近くをギュッとにらみつける。

足元には、学校のサブバッグが置いてある。わたしのものだ。塾用のカバンではなく、今日は決心してこのサブバッグを持ってきた。

サブバッグのネーム欄。ニハシノコが、心配そうにわたしを見上げている。伝えろ、がんばれ。そう言っている。

「……わたし、も」

意を決して、わたしは言葉を再開させた。

「わたしも……なの」

「……も、って？」

「その、田岡が聴いてたっていうラジオ……わたしも、聴いてたの。中一の頃から、ずっと」

田岡の顔を見ることはできない。

視線は下に逃したまま。さっきまで忙しく動いていた田岡の足は、今は動きを止めている。

「そしたら……ある晩ね。お悩みコーナーで、ひとつのお悩みが読み上げられたのね。ジ……ジュウエンムイチって、ペンネームだった。その時わたし、すごく驚いたんだ」

言葉が、喉に詰まる。

がんばれ。がんばれ。ニハシノコが、わたしを励ましている。

「田岡の……田岡のサブバッグの名前だって、思ったの。田岡のサブバッグ、名前がハゲて、十円ムーに見えるから。そんな名前思いつく人、他にいないって……そう思った。だから、だから、わたし……」

……だからね、田岡。

「……わたし、知ってた。田岡に聞く前から、田岡に好きな子がいること。田岡が……菜落さんを好きなんじゃないかって、こと」

足元には、ほんの少し塗り潰し損ねた田岡の円がある。

勇気を出して顔を上げる。目が合った。

予想どおり田岡は、呆気にとられたような、驚き以外のなにものでもない顔をしていた。

でもだんだん、なにかが繋がったような、受け入れるような表情に変わっていって。

「……そっか」

田岡は、小さな声でつぶやいた。

「……すごいな。すごい偶然っつか……よく気づいたな、それ」

「……うん」

「……そっか。そうだったんだ」

田岡は、そっか、と繰り返して言った。

わたしが言いたかったことは、これが半分。でも本当に伝えたいことは、まだ胸の内に残っている。

呼吸を整える。言うって決めたんだ。これは、わたしのただの自己満足かもしれないけれど。

「……田岡、あのね」

わたしはサブバッグに向かってサッと手を伸ばすと、取っ手を引き寄せ、バッグをヒザの上に乗せた。そして中から、一冊のノートを取り出す。

「田岡に、読んでほしいものがあるの」

一冊の大学ノート。それは、菜落さんのロッカーからわたしが勝手に持ってきたものだ。

田岡の前に差し出すけれど、田岡はぼんやりした顔のまま、なかなか受け取ろうとしない。田岡の手を引き、ノートを持たせる。

「読んで」

強めにそう言うと、田岡はゆっくりとページをめくり始めた。

不思議そうな顔が、だんだん真剣になっていく。わたしは息を殺して、その様子を見つめていた。

とても、長い時間に感じた。

電灯はあるけれど光は乏《とぼ》しい。ちゃんと見えているだろうかと心配しながら、ページをめくる田岡の指を追った。文章が書いてある最後のページまで行き、田岡の手が止まる。

「これ……なに？　三橋が、書いたの？」

ノートを閉じて、田岡がわたしを見た。

「すごいな……」

「違うの」

言葉を遮って、首を振る。

「それ、菜落さんが、書いたものなの」

「……え？」

「菜落さんのロッカーに、あったの」

「え……どういう……」

「昨日、学校に行った時……見つけたの。わたし、勝手に、無断で読んじゃって。でも……これ、読んでるうちに、なんかね」

田岡の目を、まっすぐ見つめる。

「……田岡の話なんじゃないかと、思ったんだ」

主人公の男の子。足をなくした男の子。そのモデルはきっと、田岡だと思った。

この主人公は田岡で、この小説は、事故で十分に走れなくなった田岡のための。野球部を辞めざるをえなかった田岡のための話じゃないかと、そう思ったんだ。

星の馬は、希望。つらい世界に、菜落さんは希望を与えたかった。

田岡に、話の中だけでも自由に走り回ってほしい。そう思ったんじゃないのかな。

『もう、野球できねーわー』

田岡が菜落さんを好きになった瞬間。彼女の中にも、きっとなにかが芽生えていたんだ。

田岡の瞳が、一瞬揺れた。大きく揺れた。

夜に浮かぶ素肌に、鳥肌が立つ。夏だから寒くない。寒くないのに唇は震えて、震えたまま、わたしは続ける。

「……田岡」

田岡。わたし、まだ、聞いてほしいことがあるんだ。

「わたしにとっての……菜落さんはね。ものすごく、優等生っていうか」

それは、ほんの一部だったのかもしれないけれど。少なくとも、わたしから見た菜落さんは。

「なんでも、完璧にこなす女子だったの。宿題も忘れたことなんかなかったし、英語訳も隅から隅まで全部やってた。係の仕事だって、日直だって、人から言われる前に、全部終わってたの。全部。中途半端なことは、しない子だったと思うの」

ねえ、だからわたし、思ったんだ。

思って、それを田岡に、伝えたかったんだ。

「菜落さんは……作りかけの話を放り出したままにする子じゃ、ないと思う。田岡の……田岡が自由に生きられる世界を作り上げないまま、どこかに行ってしまったりしないと思う。だから……っ、」

信じたいって、思ったんだよ。

「だから、わざと飛び出したり、してない。してないんだよ」

――わたしが、証明する。

それだけは、唇を震わさずに言えた。

きっと、を信じたかった。全部が全部、都合のいい解釈かもしれないけれど。わたしは菜落さんのことをなにも知らないのかもしれないけれど、信じたかった。

誰かが誰かを好きになることが、素敵なものだって、信じたかった。

「……っ、」

田岡の目から、涙がこぼれた。つうっと伝ったそれは、次から次にあふれて、土の上に落ちていく。

中学生男子が手放しにボロボロ泣くのを、わたしは初めて見た。わたしも泣いていた。とても切なかった。

田岡の涙を、きれいだと思った。田岡が、好きだ。そう思った。

暗闇の涙も、込み上げた唐突《とうとつ》な気持ちも、確かではないかもしれないけれど。恋とか愛とか、そんな美しく完成されたものではないかもしれないけれど。もし恋だったとしたら、わたしは一瞬で失恋したことになるけれど、それでもよかった。

好きだと思えた。

たくさんの思いを抱えて、それを隠して笑う田岡も、自分を嫌いになりたくないと言った田岡も、砂にすれた靴も、土に落ちた涙も。

田岡の本当を見つけ出した菜落さんも、彼女が書いた、星の馬も。

涙が止まらなかった。悲しみじゃない涙が、たくさんたくさん、あふれてこぼれる。

わたし、全部、嫌いだと思っていた。

ウソつきばかりで、裏側はひどいんだってそう決めつけて、全部を最初から跳ねのけていた。

好きになろうと、していなかった。この世界にはちゃんと、好きになれる人ものも、たくさんあったのに。

アキの、はちみつバターホットケーキの顔。絵文字たくさんの派手なメッセージ。イチゴのブログ。お母さんのおせっかい。洗濯物の、無駄なシワ伸ばし。お父さんの、大音量エンジン音。

そんな、たかがそんな当たり前のものたちが、バカみたいに愛おしくて、泣けてきた。

わたし、誰かのことを考えて泣けるんだ。誰かのために泣けるんだ。

誰かのために怒って、戦って、笑って、泣ける自分を、わたしは好きだと思えた。前よりもずっと、好きだと思えた。

自分自身のことを好きでいられる。そんなわたしは、きっとたくさん、もっとたくさん、好きになっていける。

裏にあるのが悪いものばかりじゃないって、信じることができる。痛みを感じて、それを隠して笑っている田岡のがんばりを、見落とさずにいられる。

小説の中でだけでも田岡を救いたいという、菜落さんの優しさに共感できる。

アキの明るさの下にある、友達思いの深い気持ちを、汲《く》み取ることができる。

お父さんとお母さんが、すっごくわたしを愛してくれているって、認めることができる。

わたしの将来。わたしの未来。これから出会う誰かのことを、わたしは好きになれる。愛することができる。きっと。

ワンピースのポケットに入れていたスマホがピコンと音を立てて、メッセージが入ったことに気づく。

「……アキからだ」

取り出してみると、木田明。四角く浮かび上がる画面の中に、アキの名前があった。

「なんて？」

「うん。夏休み、また花火したいねって」

文章の最後に、ピカピカと花火の絵文字が点滅している。

「いいな、花火」

うん、と伸びをしながら、田岡が言った。

「今度は海に行ってやろうぜ。景気よく打ち上げ花火！」

「うん、奮発《ふんぱつ》しよう！　でっかいの！」

「でっかいのな！　俺からもスミに連絡しとく」

そうだね。でっかいの打ち上げて、ギャアギャア言って、ロケット花火を田岡が危ないところに打って、住友くんが怒って。

その時が多分、わたしたちの夏の始まり。

わたしたち、不登校児だけどさ。だいぶスマートに生きるの、難しくなってるけどさ。ちょっと休息して、息を吸って、肺を満タンにしたら。二学期から、負けずにがんばっていこうね。

大丈夫。がんばれる。周りの目が怖くても、心ないことを言われても。例え許せない対象に、頭を下げることになっても。

心まで折らずにいられれば、負けたことにはならないから。大丈夫。捨てなくていい。自分の気持ちを大切にできるのは、自分だけなんだから。

好きだと思えた自分自身に、わたしはまっすぐ、胸を張っていたいから。

田岡が、サクッと砂を蹴る。すき間なく埋まった円。百パーセント。

そして田岡は、わたしに言った。

「……それからさ、三橋」

多分、大人になってもわたし、この瞬間を、一生忘れない。

「……菜落の病院、一緒に行ってくれる？」

自分のケガがトラウマになって、菜落さんに会うのが怖いと。そう言っていた田岡の、心が動いた瞬間。

逃げたくなることにも、正面から向き合おうって。そんな、勇気が湧き出た瞬間。

「……うん」

……ほら。

〝好き〟から広がった世界には、こんなに素敵なことがあるんじゃないか。

「うん……っ！」

もう一度大きくうなずいた。

何度も何度も首を振っていたら、ニワトリみたいだと、田岡が吹き出した。

わたしたちは、笑った。顔を見合わせて、泣きながら笑った。

ブランコから飛び降りる。

きっと、に希望を込めるわたしたちは、公園を、全速力で走った。

ねえ、ラジオのお兄さん。
東京。大阪。長野。兵庫。大分。広島。
全国の、中高生のみなさん。
わたしたちの足音が、届いていますか。
ジュウエンムイチ、じゃない、田岡広大。
ニハシノコ、じゃない、三橋八子。
わたしたちが生きるのは、きっと、無限に広がる世界。

【end】

あとがき

初めまして、高倉かなです。沢山の本の中からこの『ちっぽけな世界の片隅で。』を手に取っていただき、本当にありがとうございます。

このお話は初め、児童文学というジャンルにチャレンジしてみたいなという思いから書き始めたものでした。自分より若い人たち、学生生活の中で生きにくいと悩んでいる人たちに、何かメッセージを投げかけられたら。少しでも背中を押すことができたら。そんな思いで、執筆していました。

けれど書いているうちに、生きにくいという感覚は若い時だけではなく、今も、これからもずっと続いていくものだよなと思い始めました。

生きるということは、人と関わるということで。人付き合いの中では、どうしてもモヤモヤしてしまったり、傷ついたり、無理をして合わせなければいけない場面があるわけで。

そうして摩耗を繰り返していくうちに、疲れて自己嫌悪に陥ってしまうことって、誰にでもあると思います。

でもだからって、自分も周りも嫌いにならなくていい。

少し休憩して、またがんばっていく中で、好きになれるものは必ずあるから。人と関わることでしか生まれない感動が、きっとたくさん待っているから。本作には、そんな希望を込めました。

わたしも不器用ながら、主人公の八子のように、これからも悩みつつ、好きを集めていきたいなと思います。ちゃんと、好きになろうとしていきたいなと思います。

この本を閉じた後に、皆様の心に何か残るものがあったなら。少しでも前向きな気持ちになって下さったなら、これ以上ない幸せです。


最後になりましたが、今回、文庫化という貴重な機会を与えて下さったスターツ出版の皆様、最後まで丁寧にアドバイスして下さった担当編集の飯塚様、美しいカバーで本作を包んで下さったごろく様、出来上がるまでに関わって下さった全ての方々に、心から感謝いたします。

そして最後までお付き合い下さった皆様には、本当に感謝の気持ちでいっぱいです。皆様の世界が、末広がりの明るいものでありますように。

二〇一八年四月　高倉かな

この物語はフィクションです。実在の人物、団体等とは一切関係がありません。

高倉かな先生へのファンレターのあて先
〒104-0031　東京都中央区京橋1-3-1　八重洲口大栄ビル7F
スターツ出版(株) 書籍編集部 気付
高倉かな先生

ちっぽけな世界の片隅で。

2018年4月28日　初版第1刷発行

著　者　　高倉かな　

発 行 人　　松島滋
デザイン　　西村弘美
D T P　　久保田祐子
発 行 所　　スターツ出版株式会社
〒104-0031
東京都中央区京橋1-3-1　八重洲口大栄ビル7F
TEL　販売部　03-6202-0386（ご注文等に関するお問い合わせ）
URL　http://starts-pub.jp/
印 刷 所　　大日本印刷株式会社

Printed in Japan

ISBN　978-4-8137-0448-5　C0193

スターツ出版文庫　好評発売中!!

『桜が咲く頃、君の隣で。』　菊川《きくかわ》あすか・著

高２の彰のクラスに、色白の美少女・美琴が転校してきた。「私は…病気です」と語る美琴のことが気になる彰は、しきりに話し掛けるが、美琴は彰と目も合わせない。実は彼女、手術も不可能な腫瘍を抱え、いずれ訪れる死を前に、人と深く関わらないようにしていた。しかし彰の一途な前向きさに触れ、美琴の恋心が動き出す。そんなある日、美琴は事故に遭遇し命を落としてしまう。だが、目覚めるとまた彰と出会った日に戻り、そして――。未来を信じる心が運命を変えていく。その奇跡に号泣。

ISBN978-4-8137-0430-0 ／ 定価：本体580円＋税

『星空は100年後』　櫻《さくら》いいよ・著

俺はずっとそばにいるよ――。かつて、父親の死に憔悴する美輝に寄り添い、そう約束した幼馴染みの雅人。以来美輝は、雅人に特別な感情を抱いていた。だが高1となり、雅人に“町田さん”という彼女ができた今、雅人を奪われた想いから美輝はその子が疎ましくて仕方ない。「あの子なんて、いなくなればいいのに」。そんな中、町田さんが事故に遭い、昏睡状態に陥る。けれど彼女はなぜか、美輝の前に現れた。大好きな雅人に笑顔を取り戻してほしい美輝は、やがて町田さんの再生を願うが…。切なくも感動のラストに誰もが涙！

ISBN978-4-8137-0432-4 ／ 定価：本体550円＋税

『おまかせ満福ごはん』　三坂《みさか》しほ・著

大阪の人情溢れる駅前商店街に一風変わった店がある。店主のハルは“残りものには福がある”をモットーにしていて、家にある余った食材を持ち込むと、世界でたった一つの幸せな味がする料理を作ってくれるらしい。そこで働く依は、大好きな母を失った時、なぜか泣けなかった。そんな依のためにハルが食パンの耳で作ったキッシュは、どこか優しく懐かしい母の味がした。初めて依は母を想い幸せな涙を流す――。本替わりのメニューは、ごめんね包みのカレー春巻き他、全５食入り。残り物で作れる【満福レシピ】付き！。

ISBN978-4-8137-0431-7 ／ 定価：本体530円＋税

『奈良まちはじまり朝ごはん2』　いぬじゅん・著

奈良のならまちにある『和温《わおん》食堂』で働く詩織。紅葉深まる秋の寒いある日、店主・雄也の高校の同級生が店を訪ねてくる。久しぶりに帰省した旧友のために、奈良名物『柿の葉寿司』をふるまうが、なぜか彼は食が進まず様子もどこか変。そんな彼が店を訪ねてきた、人には言えない理由とは――。人生の岐路に立つ人を応援する“はじまりの朝ごはん”を出す店の、人気作品第２弾！読めば心が元気になる、全４話を収録。

ISBN978-4-8137-0410-2 ／ 定価：本体590円＋税

スターツ出版文庫　好評発売中!!

『届くなら、あの日見た空をもう一度。』　武井《たけい》ゆひ・著

何気なく過ぎていく日々から抜け出すために上京した菜乃花。キラキラとした大学生活ののちに手にしたのは、仕事の楽しさと甘いときめき。だが、運命の人と信じていた恋人に裏切られたのを機に、菜乃花の人生の歯車は狂い始め、ついには孤独と絶望だけが残る。そんな彼女の前に現れたのは年下の幼馴染み・要。幼い頃からずっと菜乃花に想いを寄せてきた要は、悩みつつも惜しみなく一途な愛を彼女に注ぎ、凍てついた心を溶かしていくが…。第2回スターツ出版文庫大賞にて特別賞受賞。“究極の愛と再生の物語”に号泣！

ISBN978-4-8137-0411-9 ／ 定価：本体540円＋税

『降りやまない雪は、君の心に似てる。』　永良《ながら》サチ・著

弟を事故で失って以来、心を閉ざしてきた高校生の小枝は、北海道の祖母の家へいく。そこで出逢ったのは“氷霰症候群《アイスヘイルシンドローム》”という奇病を患った少年・俚斗だった。彼の体温は病気のせいで氷のように冷たく、人に触れることができない。だが不思議と小枝は、氷のような彼に優しい温もりをもらい、凍った心は徐々に溶かされていった。しかしそんな中、彼の命の期限が迫っていることを知ってしまい――。触れ合うことができないふたりの、もどかしくも切ない純愛物語。

ISBN978-4-8137-0409-6 ／ 定価：本体570円＋税

『れんげ荘の魔法ごはん』　本田晴巳《ほんだはるみ》・著

心の中をのぞける眼鏡はいらない―。人に触れると、その人の記憶や過去が見えてしまうという不思議な力に苦悩する20歳の七里。彼女は恋人の裏切りを感知してしまい、ひとり傷心の末、大阪中崎町で「れんげ荘」を営む潤おじさんのもとを、十年ぶりに訪ねる。七里が背負う切なくも不可解な能力、孤独…すべてを知る潤おじさんに、七里は【れんげ荘のごはん】を任せられ、自分の居場所を見出していくが、その陰には想像を越えた哀しくも温かい人情・優しさがあった――。感涙必至の物語。

ISBN978-4-8137-0394-5 ／ 定価：本体530円＋税

『僕は明日、きみの心を叫ぶ。』　灰芭《はいば》まれ・著

あることがきっかけで学校に居場所を失った海月は、誰にも苦しみを打ち明けられず、生きる希望を失っていた。海月と対照的に学校の人気者である鈴川は、ある朝早く登校すると、誰もいない教室で突然始まった放送を聞く。それは信じがたいような悲痛な悩みを語った海月の心の叫びだった。鈴川は顔も名前も知らない彼女を救いたい一心で、放送を使って誰もが予想だにしなかったある行動に出る――。生きる希望を分け合ったふたりの揺るぎない絆に、感動の涙が止まらない！　第2回スターツ出版文庫大賞フリーテーマ部門賞受賞作。

ISBN978-4-8137-0393-8 ／ 定価：本体530円＋税

スターツ出版文庫　好評発売中!!

『70年分の夏を君に捧ぐ』　櫻井《さくらい》千姫《ちひめ》・著

2015年、夏。東京に住む高２の百合香は、真夜中に不思議な体験をする。０時ちょうどに見ず知らずの少女と謎の空間ですれ違ったのだ。そして、目覚めるとそこは1945年。百合香の心は、なぜか終戦直前の広島に住む少女・千寿の身体に入りこんでいた。一方、千寿の魂も現代日本に飛ばされ、70年後の世界に戸惑うばかり…。以来毎晩入れ替わるふたりに、やがて、運命の「あの日」が訪れる――。ラスト、時を超えた真実の愛と絆に、心揺さぶられ、涙が止まらない！

ISBN978-4-8137-0359-4　／　定価：本体670円＋税

『フカミ喫茶店の謎解きアンティーク』　涙鳴《るいな》・著

宝物のペンダントを犬に引きちぎられ絶望する来春の前に、上品な老紳士・フカミが現れる。ペンダントを修理してくれると案内された先は、レンガ造りの一風変わった『フカミ喫茶店』。そこは、モノを癒す天才リペア師の空、モノに宿る“記憶”を読み取る鑑定士・拓海が、アンティークの謎を読み解く喫茶店だった⁉来春はいつの間にか事件に巻き込まれ、フカミ喫茶店で働くことになるが…。第２回スターツ出版文庫大賞のほっこり人情部門賞受賞作！

ISBN978-4-8137-0360-0　／　定価：本体600円＋税

『さよならレター』　皐月《さつき》コハル・著

ある日、高２のソウのゲタ箱に一通の手紙が入っていた。差出人は学校イチ可愛いと言われる同級生のルウコだった。それからふたりの秘密の文通が始まる。文通を重ねるうち、実は彼女が難病で余命わずかだと知ってしまう。ルウコは「もしも私が死んだら、ある約束を果たして欲しい」とソウに頼む。その約束には彼女が手紙を書いた本当の意味が隠されていた…。――生と死の狭間で未来を諦めず生きるふたりの純愛物語。

ISBN978-4-8137-0361-7　／　定価：本体550円＋税

『放課後音楽室』　麻沢《あさざわ》奏《かな》・著

幼い頃から勉強はトップクラス、ピアノのコンクールでは何度も入賞を果たすなど〈絶対優等生〉であり続ける高２の理穂子。彼女は、間もなく取り壊しになる旧音楽室で、コンクールに向けピアノの練習を始めることにした。そこへ不意に現れたのが、謎の転校生・相良。自由でしなやかな感性を持つ彼に、自分の旋律を「表面的」と酷評されるも、以来、理穂子の中で何かが変わっていく―。相良が抱える切ない過去、恋が生まれる瑞々しい日々に胸が熱くなる！

ISBN978-4-8137-0345-7　／　定価：本体560円＋税